鈴木共子

つながれ　つながれ　いのち

―生きてきた生きていくわたし―

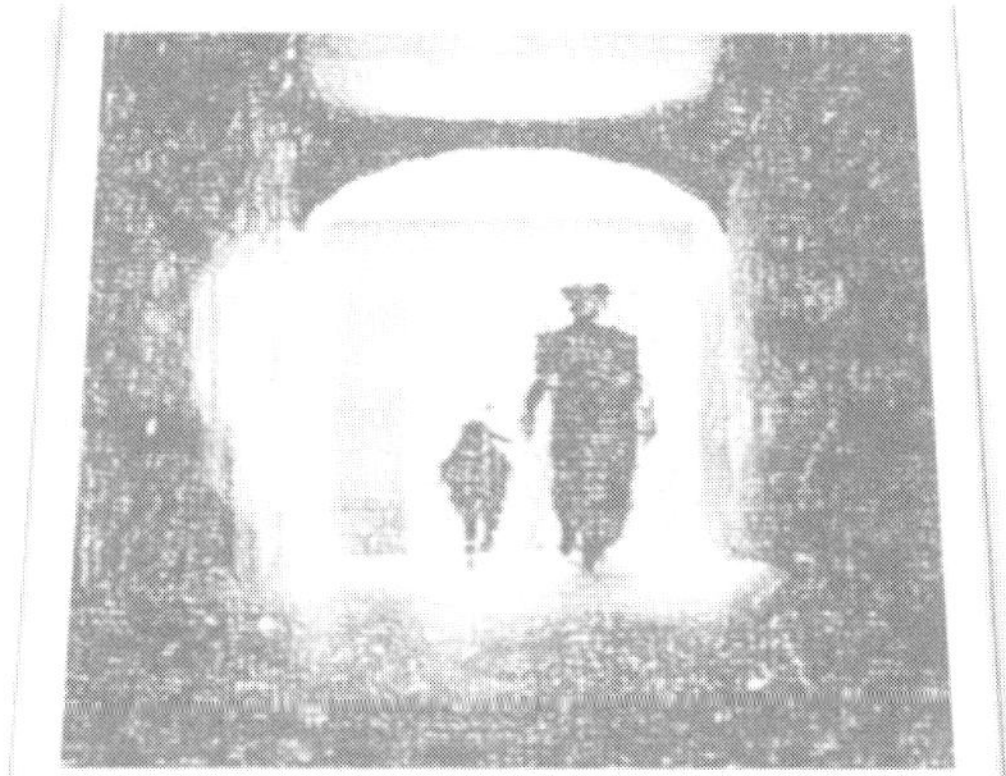

はじめに

夫に先立たれ、命をかけて私は守ると誓っていた最愛の一人息子の命が飲酒運転の暴走車に奪われてから、十七年の歳月が経ちました。

十七年という年月が長かったのか、あっという間に過ぎた年月なのか私には解りません。ただこの十七年、夢中で生きてきた私です。

その十七年間の道程の中で、私はたくさんの思いを詩の形を借りて書き殴りました。誰にもぶつけることのできない感情を言葉にして吐き出したのです。

それらの詩の断片をまとめてみました。あの悲劇の日からの十七年間生きてきた、そして生きていく私の心模様の記録です。

今まさにかつての私のような状況で、悲嘆の中にある人の慰めに、少しでもつながれば、そして亡き大切な人のために精いっぱい生きていこうと、詩を通して呼びかけることができれば、こんなにうれしいことはありません。

なぜなら、私が独りで生きてきた十七年が輝き、また息子の理不尽な死が無駄ではなかったと思えるような気がするのです。

そして、そこに私が生きていく希望があると、私は信じることができるからです。

十八年目の最初の日に……。

もくじ

はじめに 2
第1章 慟哭そして拒絶 4
第2章 怒りを原動力として 14
第3章 彷徨いながら 31
第4章 慰められて、慰めて 52
第5章 想像と創造に救われて 77
第6章 祈りのかたち・再生へ 106
あとがき 139
生命のメッセージ展とは 142
『いのちの授業のすすめ』 143

本文イラスト／著者

第1章　慟哭そして拒絶

あの日のことは、今でも鮮明です。明け方近くに地元の警察から、息子の事故を知らせる連絡がありました。

すぐに警察署に来てくださいということで、桜の花びらが舞い散る中を、不安な気持ちで警察署に急ぎました。

そしてすぐに見せられたのが、血がべったりついた息子の布製のバックと学生証でした。

それから粗末な安置所で遺体を確認させられました。

変わり果てた息子の姿に、その時の私はただ震えるばかりで、息子を抱きしめることが出来ませんでした。

そのことで後々まで自分を責めることになりました。

母親なのに我が子を抱いてやらなかったと……。

感覚、感情が麻痺したのか、その時の記憶はあいまいです。

暗い舞台で、言うべきセリフを忘れてしまった大根役者のように、ただ茫然と立ち尽くしていたようです。

２０００年４月９日１時55分

我が子は大きく弧を描いて　空を飛んだ
肉体はコンクリートの地面に　叩きつけられ
魂は遥か彼方の永遠の地へ　旅立った

母に別れのことばなく
母は安らかな眠りの中にあり

悲劇の幕開けは
闇を引き裂く電話の呼び出し音

そこから
母の時間は止まり
母の心はさまよい
繰り返し繰り返し
我が子の名を　呼び続けている

息子とその友へ

満開の桜が
最初の花びらを散らせる頃
君たちは
飲酒・無免許の暴走車にはねられて
一瞬にして、その命を奪われた

人生のスタートラインに
立ったばかりで
前途は
まばゆいばかりの十九歳
母たちの慟哭を
君たちは
どんな思いで聴いたのだろうか

叫び声が聞こえる

血のついた
息子のバッグと学生証を見るたびに
聞いてはいないはずなのに
息子の発した叫び声が
わたしの中でこだまする

雨ざらしの自転車

息子の自転車
雨ざらし
主失くして
自転車置き場で
泣いている
どうにかせねばと
思うけど
息子の不在を
改めて
認めることの辛さから
わたしは
近づけないでいる

アンバランス

あの日から
空腹感が無くなった

明日のためにと
無理やり押し込んだ米粒は
ざらざらと砂の味がする

それなのに
わたしは飢えている
慰めのことばに飢えている

癒されることばを見つけては
ガツガツと読みくだいて
咀嚼する

食卓の上に並ぶのは
魂のことばのアラカルト

心と身体のバランスが
崩れるばかり

いったい何の役割が

聖書には
「この世に生まれし
すべての人に役割あり」と
説かれている

十九歳の無残な死
そこに
何の役割が
あるというのか

我が子を
守るという役割を
果たすことの出来なかった
母の絶望は
日に日に　深まるばかり

あまりの酷い仕打ちに
「仏も神もあるものか！」と、
母は神も仏も否定する

同情なんて

わが身の不幸を
わたしの物語として
紡いでいるのは
あなたに
聞かせるためじゃない
わたしが生きるための物語

同情なんてまっぴらごめん
慰めの言葉など必要ない

不意を突かれて
戸惑ったあなたは
何かお役に立ちたいと
口の中で
言葉を詰まらせる

だったら
そんな哀れみのまなざしで
わたしを見ないでよ！

さんざん傷つけられて
手負いのわたしは
四方八方に吠え続け
牙をむいて
突っぱねる

気がつけば
わたしひとり
取り残されて……

天使なんて言わないで

あたしは
天使なんかじゃない
天使なら
愛する息子の命を
守ることができたはず

あたしは
天使なんかじゃない
天使なら
友たちのあたしに寄せる心が
理解できるはず

あたしは
天使なんかじゃない
天使なら
罪を憎んで人を憎まずと
言えるはず

あたしは
天使なんかじゃない
自責の念にかられ
友にいたく失望し
息子を奪いし奴のこと
ひと思いに殺してやりたいと

あたしが
天使であるならば
それはきっと
地獄の天使だ

幸せゲームはもうお終い

幸せゲームは
もうお終い

笑いながらのうわさ話
謙遜しながら
我が子の自慢

しかめっ面で
政治を語り
教育を語り
命を語る

日常の中に
映し出される出来事だけで
世界が動く

絶望からは
限りなく遠い場所

あたしの居場所は
もうそこにはない

我が子を
殺された母という
究極の切り札を
投げ出して

幸せゲームは
もうお終い

拒絶のラップ

この世の存在
すべてに意味があり
この世の出来事
すべてが必然と
したり顔で言うあんた

あんたの神様の言葉だと
あたしを諭すように
言うのはやめて！

たとえ真理であるにせよ
あんたなんかに
言われたくないよ

愛する家族を突然奪われた
あたしの心の嵐
あんたなんかに
解るはずがない

あんたの家族は
誰ひとり
欠けることなくいるじゃない

あたしは
あたしの言葉で
意味を見つけたい
あたしの感性で
必然を感じたい

よけいなことを言わないで
放っておいてよ
あたしのことを

YAH　YAH　YAH

チャゲ&飛鳥の「YAH　YAH　YAH!」
息子が小学生の頃よく聴いていた

♪勇気だ愛だと騒ぎ立てずに
　その気になればいい
♪傷つけられたら牙をむけ
♪自分を失くさぬために
♪わずかな力が沈まぬ限り涙は振り切れる
♪今から一緒にそいつを殴りにいこうか

何とも闘争的なフレイズを
何度も何度も聴いて
戦闘モードになったわたしは
やり場のない怒りの矛先を
世の中に向けるが

振り上げたこぶしが空を突くだけで
悔しさだけが空回り

この地球のどこかでいや足元で
悲劇が起きたとしても
世間の営みは変わらない
固くバリアされた時間の中で過ぎていく
救いのない虚無感が
わたしの前に広がるばかり

それでも私は今日もまた
「YAH　YAH　YAH!」を
繰り返し聴いて
わたしの萎えた心に喝を入れるのだ

第2章　怒りを原動力として

息子を守れなかったと、自分を責め続けていた私ですが、加害者の情報をあまり知らされていなかったこともあって、加害者のことを思い巡らすことはありませんでした。

その後、加害者の悪質性（飲酒運転・無免許運転・無車検無保険車運転・スピード違反等々）を知り、私の中で怒りの気持ちが芽生えてきました。

当時、私は息子の死と向き合うことが出来ませんでした。だから怒ることで、息子の死と向き合うことを避けたのかもしれません。

そして、加害者の裁かれる刑のあまりの軽さを知った時、その怒りは頂点に達したように思えます。

私は法律のことはよく解らず、ただ漠然と悪質な加害者だから、何十年も刑務所に入るだろうと思っていました。

でも当時は、車による死亡事故は「業務上過失致死罪」で裁かれ、無免許運転であろうが、飲酒運転であろうが、遊びで運転しようが、何人の命を奪おうが、その最高刑は、たった5年だったのです。

判例、前例というのがあって、息子たちの加害者は3年ぐらいと聞かされた時の衝撃は、私を打ちのめしましたが、それ以上に怒りが私を「そんな法律はおかしい。私が法律を変える！」と、警察の担当官に啖呵を切らせてしまったのです。

それから、息子の友たちの協力を得て、「悪質なドライバーの量刑の見直し」を求めて、署名活動をスタートさせました。

東名高速道路で飲酒運転のトラックに突っ

込まれ、二人の幼い娘さんを亡くしたご夫妻、また当時、交通事故だから仕方がないと、泣き寝入りさせられていた遺族の方たちと力を合わせ、全国で署名活動を展開したのです。

1年半ほどの集中した署名活動でしたが、37万5千人の署名を集めることができました。

何回かに分けて、法務省に提出したところ、その署名の重みが受け止められて、法改正となり、悪質運転が厳罰となる「危険運転致死傷罪」へとつながりました。

法律を作るのは専門家だけではなく、一般市民も関わることができることを証明した署名活動だったと思っています。

生命の重み

地球より
重たいはずの生命の重み

でもこの国の法律では
米粒ほどの軽さしかない
数字なんかで表せやしない

なのに
数字でしか求めることの出来ない
このもどかしさ

誰が生命の重みを
計ることが出来ようか
神とて至難の技であり

ただただ我が子の生命の重みを
計ることが出来るのは

生命生み出したる
母　ひとり

偽善者に告ぐ

突然　愛するものを
奪われたものたちの
悲しみ苦しみそして憎しみを
誰が受け止められようか
心あるものたちは
共に悲しみ怒りはしても
なす術もなくおろおろするばかり
そんな時
したり顔の偽善者たちは
ここぞ出番としゃしゃり出て
「罪を憎んで人を憎まず」とのたもうた
「死刑廃止すべし」と
人権を高らかに謳いあげ
殺人者を擁護する
自らは絶望の淵に立つことなく

ヒューマニズムを盾に正義に酔いしれる
復讐心に身を焦がす哀れなものたちに
言葉の刃を突きつけて
さぞや気持ちの良いことだろう
勝手にするがいい
偽善者たちよ
悲しみであれ怒りであれ
深淵から噴出する感情は
変革のエネルギーとなる
真の人間性を回復させるため
立ち上がれ　絶望の淵から

犯罪被害者遺族という種族

私たちは　犯罪被害者遺族という種族
人類学的には　認知はされていないが
誰もがある日突然に
犯罪被害者遺族の仲間入り

ひとたびそのレッテルを貼られたら
警察捜査の中では　人的証拠と成り下がり
裁きの席では　加害者ばかりが当事者で
私たち遺族は蚊帳の外
学問の世界では　犯罪学・被害者学と
専門家たちのモルモット
マスコミという業界は
大きな事件ばかりに群がって
小さな事件には見向きもしない
おまけに「他人の不幸は蜜の味」と

世間の好奇な眼差しが突き刺さる
強者の論理ばかりが大手を振って
私たち遺族に寄せられるのは
同情というお情けばかり
人類の歴史のなかで
迫害された種族の哀しみ怒りを
平和なはずのこの国で
体験させられた私たちは
犯罪被害者遺族という種族

ならば彼の地の種族が
生存と尊厳を掲げ　武器を手にしたように
私たちは　殺されたものの人権と
遺されたものの人権を高らかに謳い
犯罪被害者遺族としての誇りを
取り戻そうじゃないか
当然の悲しみ　当然の怒り
当然の人としての感情を掲げ

だけどあなたは知らないの？

今の世の中
何が起きてもおかしくないと
悟ったように言うけれど
そんなことはすぐ忘れ
今の今を楽しんで
すべての不都合先送り
目先の幸せだけが関心事
理不尽な出来事は
ワイドショウの中だけと高くくり
哀れな者たちに
せんべいポリポリ同情寄せる
世間というあなた

だけどあなたは知らないの？
勤め帰りのサラリーマンが
オヤジ狩りと
ゲーム楽しむ少年たちに
袋叩きの滅多打ち
救急病院で生命落したその人は
あなたの会社の同僚
だってこと

だけどあなたは知らないの？
子どもたちが遊び戯れる路地裏
減速せずに突っ走る
可愛いあの子をひき殺した
ドライバーは
あなたの娘の通う小学校の先生
だってこと

だけどあなたは知らないの？
己の歪んだ欲望で
幼い命を平気で奪う変質者は

普段一見やさしい大人
だってこと

だけどあなたは知らないの？
助けを求めて警察に通報すれど
相手にされず
ストーカーの執拗な魔の手に
恐怖の中で殺された若い娘は
あなたの友だち
だってこと

だけどあなたは知らないの？
仲睦まじい老夫婦
薬物常習の強盗に刺し殺された
返り血浴びた犯人は
あなたのお隣さんのご主人
だってこと

だけどあなたは知らないの？
バイキンと蔑まされていじめられ
追いつめられて
自ら命を絶った少女は
あなたが毎朝挨拶交わす
笑顔が爽やかなあの子
だってこと

だけどあなたは知らないの？
ちょっと一杯、これぐらいと
そのままハンドル握り
登校中の生徒の列に
突っ込んだ飲酒運転常習の
ドライバーは
あなたの町のお役人
だってこと

だけどあなたは知らないの？

信頼していたドクターに
過剰投薬で殺された患者の一人は
あなたの尊敬していた恩師
だってこと

だけどあなたは知らないの？
生意気と因縁つけて
無抵抗の少年を
よってたかって殴りつけ
瀕死の彼を放っぽらかして
死なせてしまった仲間のひとりは
あなたの息子の友だち
だってこと

だけどあなたは知らないの？
新人歓迎の祝いの席で
先輩たちのおふざけが
一気飲ませを増長させる

挙句の果てに
命奪われた犠牲者は
あなたが旅先で出会った若者
だってこと

だけどあなたは知らないの？
安全であるはずの学校で
見知らぬ大人が入り込み
無差別に子どもの生命奪ってしまう
狂気の加害者は
あなたが無視したことのある男
だってこと

だけどあなたは知らないの？
行楽帰りのマイカーに
飲酒運転のトラック突っ込んで
幼い姉妹が
母親の目の前で焼き殺された

悲劇の母親は
あなたのかつての同級生
だってこと

だけどあなたは知らないの？
虐待を受けているかもしれない
子どもの様子見聞きしながら
関わりあいになることを躊躇した
親の手で殺された幼い子は
あなたの孫と同い年
だってこと

だけどあなたは知らないの？
足元にごろごろと転がる
理不尽な死の中に
あなたの愛する人がいることだって
少しも不思議でないことを

だけどあなたは知っている
あなたの心の奥底に
押し込んだ恐怖感
目覚めさせられることへの恐れから
理不尽な現実から目を逸らす
世間というあなた

車が凶器に

ほろ酔いかげんの上機嫌
早く帰ろう
愛する家族の待つ我が家へと
アクセル踏みこむその瞬間
あなたは
凶器を手にしたオロカモノ

街中を
制限速度をはるかに超えて
突っ走る快感に酔いしれる
あなたは
知ってか知らずか
凶器を手にしたアホンダレ

ちょっとハンドル操作を誤れば

この世でたったひとつの
かけがえのない命を奪い去る

車が凶器であることに
気づいた時には遅いのだ

愛する人の命を奪われた
遺された人たちの慟哭は
あなたの耳から離れずに
一生後悔することだろう

ＯＨ　ＭＹ　ＧＯＤ！

自由と正義を掲げる
大国で起きたテロ事件
そびえ立つ力のシンボルは
一瞬にして崩れ落ち瓦礫の山と化す

ＯＨ　ＭＹ　ＧＯＤ！

大国の誇らしき歴史を揺るがす大惨事
電波にのって世界中を驚愕させる
テレビの前に釘づけになって
繰り返し伝えられる衝撃的な映像に
六千人を超えるという犠牲者に
人々は肩を怒らせ怒りを示す
声を震わせ涙する

ちょっと　待って！

それだけの怒り　それだけの涙を
交通事故の犠牲者にも向けてほしい
新聞の片隅の理不尽な死
毎年　毎年　毎年一万人もの
尊い生命が奪われているのに
人々の心に届かない
交通事故は日常茶飯事だから
テロの犠牲者には同情すれど
交通事故の犠牲者には無関心
生命の差別がここにある

交通事故は「車」という凶器を
使ったテロ事件だと
総理大臣が宣言したら
人々はきっと振り向いて

OH MY GOD!

法律

法律は
人々の平和な生活を
守るためにあるものと
信じて疑わなかった
ことさら法律を
意識することなく生きてきた
我が子が殺されてしまった
あの日までは

「殺人」という
動かぬ事実を前にして
法律は
わたしを裏切ったのだ

被害者の

人権を無視して
嘆き怒りの訴えに
耳を貸さずに
加害者の人権を
必要以上に擁護したり
明治の衣を着たまま
現代人を縛りつける法がある

もはや
そんな法律は
死んでいるに等しい
法律は生き物なのだ
今
この時代に合った
役目を担うべく法に
改めてほしいと
わたしは願う

他人の眼差しで

テレビに映るわたしのことを
わたしは他人の眼差しで　眺めている
突然　我が子の命を奪われた母として
テレビに映るわたしの姿に
わたしは涙する
わたしの中で何かが壊れて
わたしがわたしでなくなった
理性だけが異常に働いて
闘う母親を演じてみせる

押し流されて

理不尽な出来事で
悲しみ苦しむ人々の声が
豪雨のように流れ込む
まだ現実を受け止められない
わたしのもとに　流れ込む
電波を通じて
思いを伝えたほんの数分間
わたしの小さな声は
慟哭のそして共感の叫びとなって
わたしのもとに還って来た
叫びはうねりとなり
わたしはいつの間にか
その先端に
危なげに立っている

街頭署名

改札口からあふれでた人々に呼びかける
「署名をしてください」
一瞥もくれず無視して通り過ぎる人
目が合うと
さっと逸らして避けて通り過ぎる人
我が身にふりかかることとは
つゆぞ思わず
お気楽に笑いながら通り過ぎる人
チラシをじっと読みながら
おもむろにペンをとり書いてくれる人
向こうから寄ってきて「がんばって！」と
言って勢い込んで書いてくれる人
我がことのように怒り涙して
「こんなこと　あってはならない」と
震えながら書いてくれる人

様々な人が行き交い
わたしの前を通り過ぎていく
数時間の人間ドラマ
そこから　見えてくるのは
ひとりひとりの生き様なのだ

19
悪質運転が奪った
息子の命 米粒ほど軽いの
母親、責任訴え詩集
量刑引き上げ求め署名活動も

熱き想い

北から南から
「法改正」を願う署名用紙が
わたしのもとに次々届く
ひとりひとり記された名前と住所
たったそれだけで
見知らぬ土地の見知らぬ人々の
温もりを感じる

そこには日々平凡に生活を営む家族があって
独り凜として生きる人がいて
今まさに苦しみの中にある人がいて

精いっぱい生きるその人たちの
熱き想いが　わたしを奮い立たせる

空想と現実

イメージの中で
わたしは奴に刃を向けて
力の限り振りおろす
奴が恐怖に引きつるように
わたしは願う
おもいしれ！と
地獄に堕ちろ！
地獄に堕ちろ！
けれど現実のわたしは
涙を流し
息子を返して！と
ただただ叫ぶだけ

初公判の日

これから初公判
奴に会う
これまでは
焦点定まらぬ奴の像
イメージの中で
わたしは何度殺したことか
奴の顔
奴の声
奴のしぐさ
奴のすべてを
しっかりと
脳裏に刻ませて
また新たなる
復讐劇の幕開けだ

加害者の男

虫も殺せぬ顔をした
影の薄い小さな男
それが奴
両手を縛られたその姿には
ふてぶてしさなんて微塵もなく
およそ殺人者らしからぬ風体
この男の隠された狂気を
誰が見抜くことができただろう
いやいや
ほんのちょっとした
軽はずみ?
それが小さくて大きな凶器となることを
この男は証明して見せたのだ

母親だから

母親ならば
我が子を亡くした悲しみが
我が子を奪われた嘆きが解るはず
母親ならば
我が子の命を奪った男を
憎む気持ちが解るはず
その男の母すらも
憎む気持ちが解るはず

母親だから
我が子が
殺人者になったことを
その母である
我が身を責める
母の気持ちが解るのだ

第3章　彷徨いながら

「息子の死を無駄にしない」と、闘いモードに明け暮れる日々を過ごす私でした。この闘争心が当時の生きる支えだったように思います。

そうではあっても、時には投げやりになって、すべてを放り出したいと思うことがありました。

でもそうしたら、私は生きる意味を見失ってしまうと、自分をことさら追い詰めていたのです。

そんな最中に、友人の一人が言った言葉が胸に刺さりました。「あなたは強いわね。もし私が貴方と同じめに遭ったら、私は生きていけない」と。私を慰め励ますつもりだったのかもしれませんが、私はその言葉に深く傷つき、おぞましい感情を抱きました。

「アンタンチノコガシネバイイ！」と。

手負いの獣さながらに、周囲に何かと牙を向けることもありました。底なしの喪失感と孤独感と憎悪に支配されていた私です。

持て余したひりひりした感情を、私は言葉を綴ることで、言葉の力を借り、彷徨う自分と折り合いをつけていたのかもしれません。

雑紙に書きなぐった言葉たちが、私を黙って受け入れてくれたのです。だから言葉に感謝です。

絶望からの出発

今日は明日へとつながって
未来へと続くものだと
漠然と信じていた
あの日
突然「絶望」という
闇の底に突き落とされた

気がつくと
見るものすべてから
色が消え
黒い滴がしたたり落ちた

滴は死神となって
わたしにまとい付き
わたしの魂を弄び

高らかに笑っていた

成す術もなく
抜け殻となり
膝を抱え座り込むわたしの中で
狂ってしまった
時の鼓動が
雨音と重なって
反響していた

「絶望」の極み
今日ばかりで明日がない
耳を塞いで目を閉じて
この「絶望」を
やり過ごすことが出来たなら
救いが訪れるのだろうか

否！

この「絶望」は
誰のものでもない
わたしのものだ
逃げずに受け止めよ
まず己の足で
闇の大地に立つのだ

恐れることはない
たとえ倒れても
立ち上がるための
足がわたしにはある

友が
仲間が
見知らぬ人が
共に生きた愛するものが
支えてくれるに違いない

「希望」という
明日に向かって
「絶望」からすべてを
はじめるのだ

雑踏の中で

街で見かけた
茶髪で細身の男の子
気がつくと　わたしは
彼のしぐさのすべてを
食い入るように見つめてしまった

中年女の執拗な視線を
感じた彼の蔑みのまなざしに
我に返ったわたしは
あわてて目をふせた

傷つくことが解っているのに
息子の面影を
求めてしまう虚しさを
何度も何度も味わって

わたしの視線は
今日もまた
息子を求めて
彷徨い続けているのだ

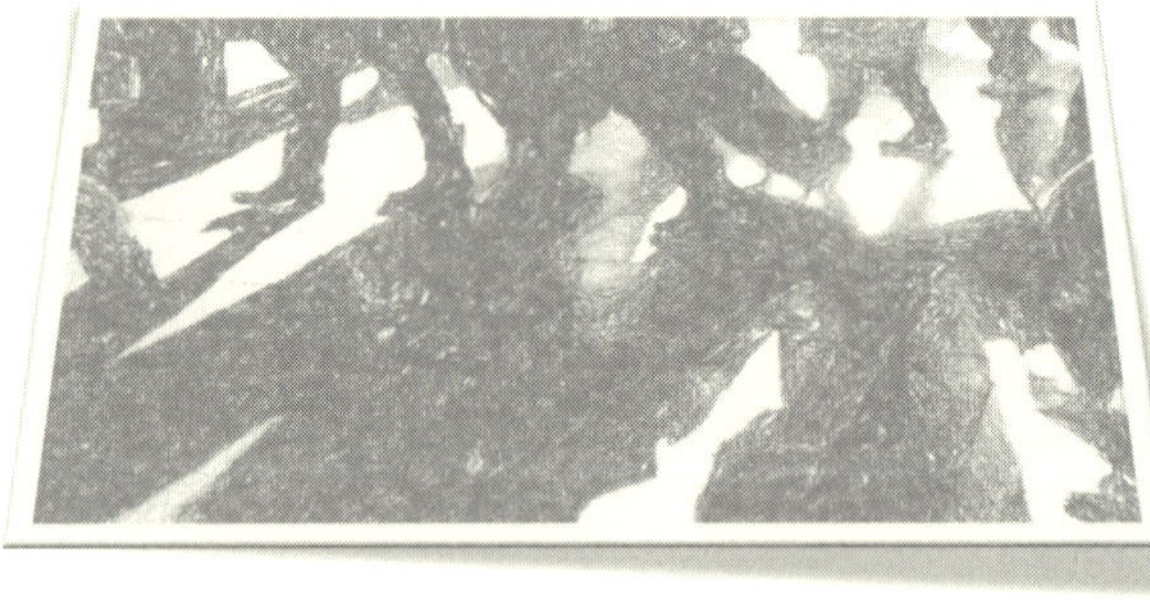

立ち往生

生きる証であった
我が子の命を奪われて
生きる意味を
見失う

ぽっかりと
空いた心に
涙ばかりがそそがれて
生きているのに死んでいる
死んでいるのに生きている

闇の中のわたしの行く手に
光りは見えない

それでも
朝、目覚めて
よどんだ一日を生きねばならない

生かされている命に感謝をと
神の言葉を
語る人は言うけれど
生かされていることは
なんと酷いこと

すっかり萎えたわたしの命
あの世からの風に吹かれて
立ち往生

歩く

大雪の日
息子のダウンジャケットを
身にまとい
吹きつける雪の中を
目的もなく歩く

視界はさえぎられ
ただ足元が見えるだけ
先行く人のつけた
足跡だけをたよりに
息子の名を呼びながら
泣きながら
よろめきながら
ひたすら歩く

行き交う人もなく
嗚咽が風の音に消され
涙は雪しぶきとなって
苦悩に満ちた人生のような
この雪の道を
ひたすら歩く

行く手に今
何も見えないが
いつか淡い灯を
見出せる時が
来ると信じよう

こうして
歩き続けさえすれば

恐れ

わたしは
何を恐れているのか
この執拗な感情に
絡み取られて
息をつまらせる

かつて恐れは
我が子を失うことであった

我が子を失くした今
恐れることはもはや
存在せぬはずなのに
恐れはわたしを支配する

あの日から
心を閉ざしたわたしから
友たちが去ってしまうことへの
恐れなのか
困窮した経済状態の中で
生活不安への恐れなのか
独り老いゆくことへの恐れなのか

それとも
絶望の中を生きねばならぬ意味を
見出せぬことへの恐れなのか

確かなことは「恐れ」は
静かに増殖して
わたしを打ちのめしている

わたしの心はエレベーター

わたしの心はエレベーター
一日　絶望と希望を乗せて
何度も昇り降りを繰り返す
些細なことで
希望が絶望に入れ替わり
生きることが苦しくて
のた打ち回る
些細なことで
絶望が希望に入れ替わり
生きていることが
うれしくて感謝する
絶望と希望の
危ういバランスをとりながら
途中で降りて一休み
冷たい風が頬をなでる

泣き笑い

台所を
我がもの顔で
走り回る
ゴキブリに
ぞっとしながら
以前のように
殺虫剤がかけられない
憎むべき害虫にさえ
生命のいとおしさを
感じてしまう
そんな自分に
あきれはてて
泣き笑い

誕生日

今日は
息子の誕生日
二十三歳の誕生日

一人前となった
息子のことを
想像してみるが
思い描けない

こうして幾たびも
誕生日を迎えても
息子は永遠の十九歳

息子がこの世に
実在しない現実を
突きつけられる誕生日
絶望ばかりの祝いの日

遺伝子

闇の中で
わたしの鼓動が
規則正しいリズムで聴こえてくる

目覚めたら
我が身が屍になっていることを
夜ごとの祈りとしているが
その願いは
未だ叶えられず

皮肉なことよ
生きるということに
貪欲な遺伝子が
そんな祈りを
無視しているのだ

記憶力

ある人が言っていた
深い絶望を体験すると
脳細胞のどこかが犯されて
記憶する能力が失われると

それを聞いてわたしは
妙に納得してうなずいた
わたしの脳細胞もまた
新しい記憶を受けつけない

必死で新しい知識を
記憶の受容器に注ぎ込むが
ああ、悲しいかな
両手からこぼれるように
知識が粉々に

砕けて逃げていく

それなのに
昔の記憶は衰えず
ますます輝きを増して
夫や息子の表情や言葉の
ひとつひとつが
鮮やかに甦る

記憶の中の夫も息子も
そしてわたしも
今はいないのに……

ＳＯＳ

心も身体も不安定
どうしたらいい？

手当たり次第に
飲みまくり
手当たり次第に
読みあさり
手当たり次第に
ダイヤルするが
虚しさばかりが
募るだけ

広告紙に
赤いマジックで
ＳＯＳと大きく描いて

紙ヒコーキを折って
飛ばそうかしら

不安定な自分と
懸命に折り合いをつけようと
のた打ち回るわたしのことを
誰も知らないだろう

でもそれでいい
知られないことが
わたしの救いだから

ピエロ

オルゴールに
閉じ込められた
哀れなピエロ
「月夜」の
調べにのって
ぎこちなくおどる踊る

わたしはネジを
飽きることなく
巻き続け
おまえを休みなく
踊らせよう

カラフルな衣装と
どぎつい化粧の下に

おまえは悲しみを
募らせているのだろうか
こっけいなしぐさの中に
見え隠れする涙を
わたしは見逃さない

わたしもまたピエロ
いや、でありたい
抱えきれないほどの
悲しみの玉に
虹色を塗って
玉乗りしてみせよう
わたしの人生という
ステージで

そうすれば悲しみが
頼りげなく
笑うかもしれない

エイプリル・フール

眠れぬ夜に
記憶の断片を寄せ集め
息子をよみがえらせようと
暗闇に目をこらす

息子よ
この春卒業して
社会人となるはずでなかったか

息子よ
「零」という名に込められた
無限の可能性を求め
第一歩を踏み出すはずではなかったか

息子よ

互いに夢を共有できる
恋人を連れてくるはずではなかったか

息子よ
あの世から還っておいで
この世で君のやるべきことは
山ほどあって
母には背負いきれるものではない

それとも
悪い冗談だったと
悪戯っ子の面影見せて
笑って言って欲しいのだ

今日はエイプリル・フール
嘘の許される日だから
せめて
今日だけでも騙されたい

生命のローソク

人の命の限りのことが
燃えるローソクに喩えられ
昔から悲喜こもごもの物語が語られる

老いて尚元気な人のローソクは
太くて長くて力強く
炎を放っているのだろうか
あるいは
余命幾ばくもない病の人のローソクの
燃える炎ははかなくて
頼りげないのだろうか

揺らぐローソクを前にして
理不尽に命を奪われた
息子の命のローソクのことを

わたしは考える

赤々と燃える息子の命の炎
きっと死神が気まぐれに
消してしまったに違いない

それとも始めから短くて
すぐに燃え尽きてしまう
運命だったのか

長くても短くても
人はいずれ死ぬものだけど
誰かわたしの命のローソクを
今すぐ消してくれていいと
生きることに疲れた
わたしは考える

些細なことで

息子の死と
対峙することを避け
辛うじて絶望の淵に
立っているわたしは
自分に向けられた
些細な非難にたじろいで
自分を見失う

泣くことも嘆くことも争うことも
不得手なわたしは
八方美人やっていて
もごもごと言い訳の
言葉を詰まらせるだけ

そんな自分が情けなくて

嘔吐する
やってられない！と
居直ってみるが
すっかり弱気になって心を閉ざす

誰とも会いたくない
誰とも話したくない
たとえ後ろ指を
さされようとも
このままどこかへ
行ってしまいたい

夜の長さがうらめしい

ブランコ

北風吹いて
カサコソと舞い散る
落ち葉のダンス

小さな公園でわたし独り
ブランコに揺れて
枯れ葉と戯れる

遠い日々
幼い息子と一緒に
この公園で
落ち葉を集めて
風に飛ばして
遊んだっけ

両手を広げて
息子を抱き上げた
あの時の温もりを
はっきりと
感じることが出来る

誰もいない公園で
姿なき幼い息子が
笑い声を立てながら
今だって
遊んでいるのを
わたしは見ることが出来る

零ちゃん、そろそろ
おうちへかえろうよ
お父ちゃんが待っている

冬ごもり

生き物たちが
冬ごもりするように
わたしは目を閉じ
耳を塞いで
心の巣窟に身を隠す

誰にも
弱みを見せたくないと
必要以上に虚勢を張りすぎて
心と身体をつなぐ糸が
ぷつりと切れた

何もかもが嫌になり
抱え込んだすべてを
投げ出して逃げ出したいけれど

息子の悲しそうな顔が
目に浮かぶ

気を取り直して
切れた糸の修復のために
しばしの休息タイム
わたしの冬ごもり

外では
春一番が吹き荒れて
わたしの眠りを
妨げているけれど

プライド

人は何かを失いながら
生きていくという
わたしもたくさんのものを失った
繰り返される喪失体験に
打ちのめされて
絶望の極みを生きてきたみたい

幼い頃にお気に入りの帽子を
失くしたことに始まって
ペットの犬や猫の死に戸惑って
思春期には失恋という痛手もこうむった
父の死という衝撃も乗り越えて
やっと手にしたささやかな幸せもつかの間に
夫の死……
そして今また突然

息子を亡くす

指の隙間から大切なものが
砂のように零れ落ちるさまを
わたしは呆然と見つめるばかり
愛着を持つことに
臆病になって心を閉じた
だから
もはや失うものなどないはずなのに
未だ失うことを恐れているのは
なぜだろう？

たったひとつ遺された
わたしが生きるための
プライドだけは
失いたくないからだ

なぜ？

なぜ？　なぜ？　なぜ？と、
幼児のように
誰彼に訊ねてみたいが
答えのない問いかけは
宙を漂うばかり
人はなぜ憎しみ合うのか？
人はなぜ傷つけ合うのか？
人はなぜ殺し合うのか？

殺戮が繰り返される中東の状況に
人間の愚かさを嘆くわたしは
所詮は傍観者でしかない
わたしの発する「なぜ？」は
口笛のように軽い

自分の非力と無力を
わが子を殺されて思い知ったが
なす術もない
ただ生きながらえるだけなら
生きている意味なんかありはしないと
自暴自虐になるが
それでも
わたしは生きているのは　なぜか？
親より先に子が逝くのは　なぜか？

生きていることが負い目となって
打ちのめされそうになりながら
にわか哲学者となったわたしは
なぜ？　なぜ？　なぜ？と、
今日も宙に問う

以前のわたしに戻りたい

被害者遺族になって
我が身の不幸ばかりが先にたち
他人の悪意なき一言に
傷つき心乱れていたが
わたしだって知らぬ間に
何気ない一言で
誰かを傷つけていたかもしれないと
そろそろわたしは
気がついてもいい頃だ

他人ばかり責めたてて
ことさらに自分のことを
悲劇のヒロインに仕立て上げる
そんな芝居の幕は
もうそろそろ下ろしたい

被害者遺族という役割に
何だか疲れ途方にくれる

以前のわたしに戻りたいと願うけど
以前のわたしのことがわからない
被害者遺族でなければ
わたしは何者なのか

第4章　慰められて、慰めて

あの当時、泣いても泣いても涸れることのない涙に支配されていた私ですが、人前では泣くことがありませんでした。と言うより、泣くことが出来なかったのです。

「同情されたくない」という私の勝気さが、泣くことを潔しとしなかったのでしょうか？　でもその分反動で、独りの時は泣いて泣いて泣きっぱなし。泣きすぎて腫れ上がった自分の顔を鏡で見て、また泣いて……。

泣くことが私の癒しの作業となったのか、気持ちが落ち着いて、日々の些細な営みに慰めを見出すことが出来るようになっていたのです。そしてゆっくりゆっくりと、自分を取り戻していったように思えます。

そんな頃、母が倒れたのです。自分のことで精いっぱいだった私に「老人介護」という現実が圧し掛かり、体験しなければ解らないことを、私はまた体験させられたのです。その母も今は亡くなりました。

思えば、夫は2年間ほどの闘病後の死、息子は交通事故による突然死でした。そして母はある意味寿命をまっとうした死でした。身近な三人の死を看取って、それぞれの死に対する私自身の向き合い方の違いを思いました。

死には「一人称の死」、「二人称の死」、「三人称の死」があって、「一人称の死」は自分の死、「二人称の死」は身内の死、「三人称の死」は他人の死だと言われています。夫と母は、確かに「二人称の死」ですが、息子の死は「一人称の死」、自分の死だと思い知らされたのです。

救い

冷蔵庫を整理する
あの日までの日常が
朽ち果てて腐っている

カビだらけのフライパン
萎びたりんご
溶け出したほうれん草

鼻を突く悪臭に
残酷な現実を知らされる

されど
絶望の中で見つけた
かすかな光り

小さな玉ねぎが
しっかり呼吸して
かわいい芽を出し
生きていた

扇風機

風が死んだ熱帯夜に鳴く蝉は
じりじりと
わたしを追いつめ
息苦しくさせる

なぜ、どうして
息子が先に逝き
わたしが生きているのか

答えのない問いかけに
べっとりした汗の感触が
今生きていることの
無情を告げる

嗚咽するわたしに

幸せ時代の
証言者である扇風機が
首をふりふり
なまぬるい風を送り
不器用に
わたしを慰めてくれた

至福の時間

美容院に行く
気分を少し変えたくて
髪を切る
馴染みの美容師に
身をゆだね目を閉じる

巧みな手さばきで
シャンプー、カット、マッサージ
怒りと悲しさで
固まった身体がほぐされて
至福の時間

鏡の中の疲れたわたしが
徐々に元気を取り戻す

「息子のためにがんばろう」と
鏡の中のわたしに
声をかけてみた

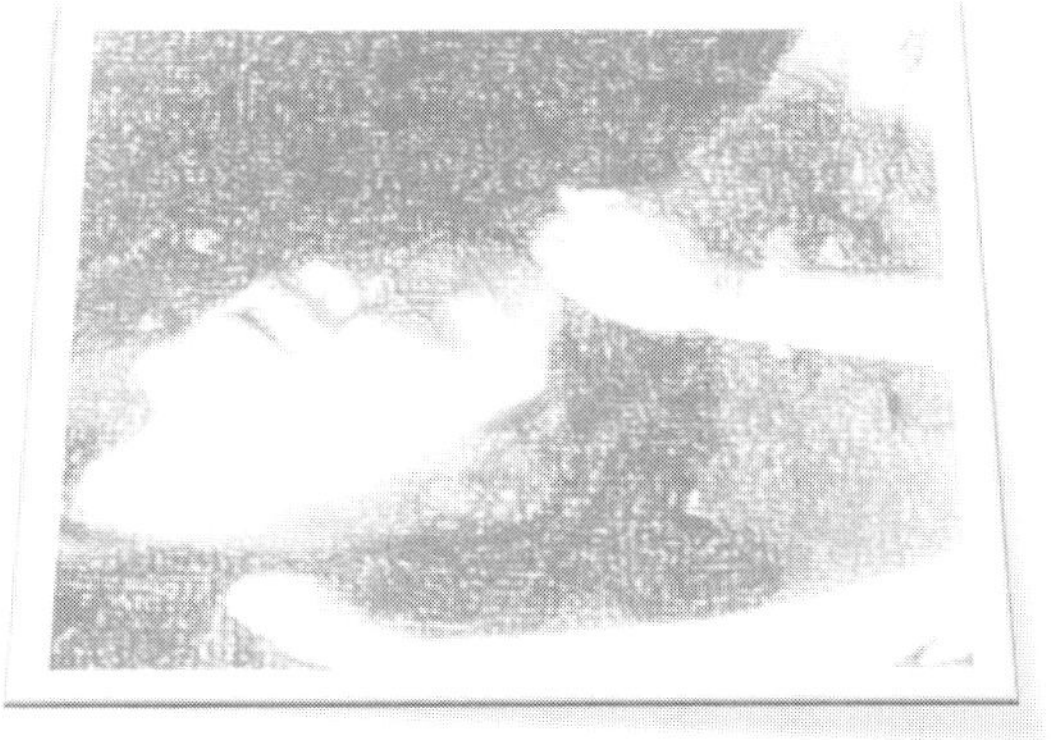

生足で

絶望の日々を
生きるわたしを支える小さな足
手入れを忘れたその足は
かさついて哀しさがにじみ出て
ゆがんだ小指の爪が痛々しい

あの日から四年四ケ月
ひさしぶりにマニキュアを塗ってみる
よく耐えて生きてきたねと
心の中で話しかけながら
やさしくピンクの生気を吹き込んだ
明日は生足でサンダルはいて
夏の街を闊歩しよう
おまえたちを少しだけ
輝かせてあげるから

六月に想うこと

紫陽花が色づいて
雨の季節を待つばかり
巡り巡っての六月の
思い出たどれば心がうずく

「行ってきま～す！」と元気よく
雨の中を行く息子の黄色い傘が
紫陽花の陰に見え隠れするのを
見送ったあの日のこと
紫陽花だけが知っている

傘を持たずに出かけた息子を
いそいそと迎えに向かう道すがら
雨の中の紫陽花の美しさに
見とれていたあの日のことを

紫陽花だけが知っている

両手いっぱい雨に濡れた紫陽花を
息子の部屋に持ち込んで
遺影に向かい声をあげて
泣いたあの日のことを
紫陽花だけが知っている

わたしの人生の幸も不幸も
染め上げているような
色合いを見せる紫陽花は
「それでも人生は美しい」と
謳うのだろうか

息子のジャケット

時間の止まった
息子の部屋の
クローゼットで
眠っていた息子の
ジャケットを
そっと取り出して
抱きしめる

息子の温もりを
想像力で感じよう

目を閉じれば
風を切って
さっそうと自転車を
走らせる息子の姿が

ジャケットを通して
きっと見えてくるはず

息子はいつも
わたしの傍らにいる
ということを
確めるために
息子のジャケットを
目覚めさせ
一緒に夜の街へ
くり出そう

冬木立よ

木洩れ陽をうけ
名の知らぬ野鳥を遊ばせる
冬木立よ
小枝を天に伸ばし
粉雪を受けとめる
冬木立よ
頭上に輝く星に想いをよせる
冬木立よ
寒風を受け
微かな悲鳴をあげ身を震わせる
冬木立よ
仲間たちと寄りそって
ひたすら春の訪れを
待つかのごとく
冬木立よ

わたしの大地で
凛として立たせたい
冬木立よ

小さな出会い

孤独を愛すると
ポーズをとっているが
今のわたしには
独りの時間が
たっぷりありすぎて
孤独に
押しつぶされそうに
なっている

誰とも接することなく
堂々巡りの
問答繰り返し
かつての友の活躍を
聞かされて
空元気が

すっかり萎えた

こんな時は思いきって
外に出てみるものだ
行くあてなんて
ないけれど
寒風に吹かれて
ぶらぶら歩けば
小さな出会いが
待っているのかも

母親に手を引かれた
赤いマフラーの幼児と眼が合って
にっこりしたら
天使の微笑み
返してくれた

こんな日こそ

こんな穏やかな春日和に
膝を抱えて孤独を友としていることに
耐えられなくて
無性に誰かと話したくなる

わたしのＳＯＳを受け止めてと
ダイヤルするが
呼び出し音が虚しく響くばかり
誰にもつながらない

独り残された寂しさに
身の置き所がないが
こんな日こそ
見えない息子相手に
おしゃべりすればいい

グランド・ゼロ

9・11の悲劇を
忘れまいという誓いが
あろうことか
新たな殺人の連鎖となり
地球のいたるところが
グランド・ゼロとなって
慟哭の瓦礫を散乱させている

そんな世界の情勢に胸痛ませながら
わたしのグランド・ゼロに
想いをはせる
息子の命が奪われた事故現場
わたしはいまだ近づけない
わたしのグランド・ゼロを

遠めに見れば
誰が手向けてくれたのか
花一輪
風にやさしく揺れている

役割

被害者遺族という
レッテルを貼られて
初めて本当の怒り
悔しさ悲しさを知る
無情な法律や
世間の無関心に
傷つけられて
体験しなければ
解らないことの多さに
途方にくれて
嘆いていたが
体験したからこそ
見えてきたことを
わたしだけのものとしないで
言葉として
出さねばならぬ
伝えなければならぬ

愛するものを
理不尽に奪われた
遺されたものの役割と
見えない息子からの
メッセージとして
受けとめるのは
わたしが生きていくために
必死で紡ぐ物語かもしれない

そんなわたしの傍らに
寄り添い
伴走してくれる
心やさしき人たちが
きっといると信じて
今日も少しずつでいい

涙を拭って
歩いていこう

頑張って、頑張ろうよ！

「頑張って！」と
言われるたびに
わたしは白けてしまう
言われなくとも
もう充分
頑張っているじゃない

「頑張る」という言葉は
自分に向けて
言う時に
言葉の威力が
発揮されるのだ

「頑張って！」と言うその人は
常に傍観者でしかないことを

知ってか知らずか
無責任なこと
この次は
「頑張らない！」と
答えてやろう

「頑張って！」ではなくて
「頑張ろうよ！」と
言ってくれたら
信頼関係が
築けるというものだ
「頑張って、頑張ろうよ！」

母ふたり

共に我が子の命を
奪われた母親同士
言葉を語らずとも
こぼれる涙の一粒だけで
お互いのすべてを解りあう
だからと言って
あふれ出す悲しみを
お互いに受け止められず
悲しみは指の隙間から
こぼれ落ちていく

絆

今ここで
我が子に先立たれた
哀れな母たちが
共に涙を流している

この母には赤い紐を
あの母には緑の紐を
その母には青い紐を
わたしはそっと渡した

母たちよ
我が子たちへの想いを込めて
それぞれの紐を
しっかり結んでつなげていこう

そうすれば
いつしか我が子たちのいる
かの地へ
届いてつながるだろう
永遠の絆となって……

あれから五年

ちょうど息子の事故と同じ頃
大学に入ったばかりの若者が
やっぱり交通事故で　命は取りとめたけれど
植物状態と　医者から宣告されて
看護に明け暮れる母親と
手紙のやり取りして　早五年
母親同士互いの境遇を
労わり励ましあいながら
会ったことはないけれど
共に息子のためにと　闘うもの同志
命あるなしの違いはあっても
我が子に対する　母の想いは同じで
わたしたちは
のた打ち回りながら　夢中で生きてきた

息子たちが哀れと髪振り乱し
捨て身の我が身を嘆いていたが
あれから五年……
月日は時に厳しく時にやさしく
わたしたちを包み込む

息子たちのために
生きるわたしたちだからこそ
絶望の中に
喜びもあることに　気づかされた

戸惑いながら迷いながら
母親が輝くことが
息子たち生かすことに　つながるのだと
自分たちに言い聞かせ
再生の一歩を　踏み出そうとしている
そんな母親たちに
誰かエールをください

影

レース模様の
パラソルさして
初夏の陽射しに
足取り軽く
息子の好きな歌を
口ずさむ

パラソル
くるくる回したら
足元の影が
少女のように初々しい
わたしの前を
影だけが独り歩いて
五月の風に舞う
タンポポの綿毛と

戯れる

抱えきれない悲しさに
心も身体も
ぼろぼろなのに
わたしの影は知らん顔

やがて
楡の木陰に影は消え
取り残された
わたしの傍らを
記憶の中の幼い息子が
笑いながら駆け抜ける

老女

公園の小道を
ひとりの老女
杖をつき
ゆっくりと歩いている

落ち葉を
いとおしそうに
一歩一歩踏みしめて
わたしの前を行く

わたしは少し苛つきながら
なぜか追い抜くことが出来なくて
彼女に合わせて
ついて行く

世間と隔離された
時間の流れが
そこにあるのか
丸くこごめた背に
あなたはどれほどの
人生の重みを
背負って来たのだろう
………

そんなことを
心の中で問いかける

生きることは
哀しいけれど
生きていればこそ
喜びもまたあると
白髪が風に揺れて
見知らぬ老女の後ろ姿が
わたしに語りかけてくる

干からびたミミズ

公園の小道の敷石に
一匹の干からびたミミズ
炎天下での
こちらからあちらへの
移動の途中で
息絶えたのか
ぼろぼろの靴紐さながらに
哀れな姿を
さらしている

あともう少しで
たどり着いたはずの
あちら側に
ミミズは
何を求めたのだろう

こちら側の安全地帯を振り切って
突き動かされる衝動は
生きとし生けるものの本能なのか

わたしもまたひとつ場所に
じっとして居られなくて
うずうずと動き出す
たとえ死への
旅路となろうとも
心のおもむくままに
自由でいたい

干からびたミミズに
自分を重ね合わせる滑稽さに
苦笑いしながら
今や失うものが無いはずの
わたしの人生を思う

ミシシッピーアカミミガメ

水槽を
テーブルの上に置いて
カメと
にらめっこ

ガラスを隔てて
おまえの小さな瞳が
見ているものは
遥かミシシッピーの大河の風景か

故郷を
知らないはずなのに
おまえの
太古からの記憶が
飽くなき逃亡を
試みさせる

哀れなことよ
今のこの時が
すべてだと
諦めることが
出来たなら
小さな幸せを
見つけることが
出来るのに

カメよ
現実を
未だ認めることが
出来なくて
もがいているわたしと
一緒じゃないか
愚かなミシシッピーアカミミガメ

愚かなわたし

日向ぼっこ

昼下がりのベランダで
わたしの愛亀と日向ぼっこ
彼とわたし
ぼんやりと
思いにふける
さっきまで
甲高い声をたて
子どもたちが
遊んでいた
団地の中庭は
今は誰もいない

はるか上空を
エンジン音を響かせて
銀色の機体が

視界から消えて
静寂がゆっくり訪れる

共に
故郷を失くしたもの同士
肩よせあって
生きていこうか

彼とわたし
大きく伸びをして
春を思わせる
陽射しがうれしい

お母さんごめんね

倒れて緊急入院した母に付き添って
心電図の音が刻んでいる病室で
所在無く物思いにふける

あまりに早死にした
父や夫や息子に比べたら
平均寿命を過ぎた母は
年に不足はないだろう

でも今少し母と
過ごす時間が欲しい
息子に先立たれたわたしは
順番が違うと荒れた心を
母にぶつけてしまったから
このまま母を見送るには

あまりに辛い

娘の甘えであったけど
ささくれだったわたしのことを
母は受け止めることが出来なくて
ただおろおろして泣いていた

管につながれた母の寝顔に
過ぎし日々が鮮やかに甦る
そういえば
おばあちゃん子だった幼い息子が
「百歳まで生きてよ」と言っていたっけ

「おばあちゃんのことお願いね」
見えない息子に語りかけたら
ひとりの若き研修医が
息子そっくりの横顔見せて
母の脈を取りにきた

老人介護

老いた母の介護が
少しずつ重たくなって
周囲の心を蝕んでいく

母の人格の変性を認められず
期待と失望を繰り返す

失くしてしまったことばかり数え上げ
我が身の不幸を嘆く母に
優しくありたいと願いながら
子ども返りしていく母に
いらいら感を募らせて
厳しい言葉を投げつける

わたしだって

ぎりぎりのところで生きている
しっかりしてよ！と
母を追いつめる
そんな自分に自己嫌悪

体験しなければ
解りえない世界を
わたしはまたひとつ知らされた
「老人介護」という世界

届かぬ願い

快適とは言わないまでも
陽射し注ぐ病室で
うつろに生きるあの人を
励ましながら
いらだつ心を抑えきれず

懸命に生きてきたあの人に
天は何ゆえ
このような天罰を与えるのか
神も仏もあるものかと
毒づいては
虚しさが募る

我が身のことで
精いっぱいのわたしにとって

もはや
重荷となってしまったあの人の
哀れな姿に
後ろめたい涙を流す

限りある命であるならば
ささやかで
あったとしても
輝かせてあげたいが
それとて母の
自らの意志なくては叶わない

八十四年生きてきた
誇りをもって
最後の時を
凛としてという
あの人に届かぬ願いは
三十年後のわたしが

受け止めよう

ユーモレスク

ラジオから流れる
「ユーモレスク」
バイオリンの軽やかで
哀しげな音色にあわせて
わたしは洗濯をしながら
ハミングする

そういえば
早死にした父が好きだったっけ
幼いわたしを膝に抱き
口笛で吹いてくれた
「ユーモレスク」
愛しい我が子に幸多かれと
若き父の祈りが込められた
「ユーモレスク」

「今は幸せかい？」と
父に問われたら
父の年齢をとっくに超えてしまったわたしは
答えに詰まってしまう
あなたの娘に生まれてよかったと
言い逃れようか

濡れた手で涙を拭きながら
ハミングする「ユーモレスク」が
嗚咽でビブラートされた

第5章　想像と創造に救われて

私は若い頃より「現代美術」というカテゴリーの中で、ジェンダー、環境問題等社会性のあるテーマで制作発表をしてきました。それはあくまで制作のためのテーマでしかなく、傍観者の立場を超えるものではありませんでした。

しかし息子の理不尽な死を無駄にしないという私の決意を、そのアートが受け止めてくれたのです。まさに当事者からの発信アートです。アートが私を生かしたと言っても過言ではありません。

●私の「アート宣言」

私は「犯罪被害者・遺族」である。ひとり息子が飲酒運転の犠牲になった。被害者という立場になって、見えてきたこと、感じたことが多々あった。それはまさしく社会の歪みであり、人の心の歪みである。

その結果、「命」がいとも簡単に奪われていく現実を私は突きつけられた。そうした現実を前にして、私は慟哭するばかりであった。悲しみ、苦しみ、怒り、涙……嵐のような感情に翻弄されていた。そんな地獄から救い出してくれたのが、アートであった。アートは私にとって、闇の中の一条の光りであった。

そうした中で生まれた「生命のメッセージ展」……犯罪等で生命を奪われた犠牲者の等身大の人型パネル。胸元にはその人の写真と事件事故の概要、また遺された家族の綴ったメッセージ文を取り付け、足元には生きた証である靴を置く。事件事故が他人事ではないということと、命の尊厳を伝えるアート展である。

全国各地で開催しているが、シンプルな形と普遍的なコンセプトは、多くの人の共感を得て、反響は大きい。それと同時に、愛するものの命を理不尽に奪われた遺族にとっても、深い慰めになっている。

人は物語る存在だというが、亡き人が命の尊厳を伝えるメッセンジャーとなって、新たな命を生きるという物語を紡ぐことが出来る「生命のメッセージ展」、物語るということもアートだと、私は思う。

アートの定義は様々だ。それぞれの作家の思想なり、思考によって違うだろう。私はメッセージを伝える手段としてのアートの意味を強く感じている。

だが、アートはそのメッセージを押し付けるのではない。受け手に想像力を喚起させることなのだ。「生命のメッセージ展」でこれを実践できていることは確かだ。

私がアートする立脚点は、「犯罪被害者遺族」だということだ。不条理体験をさせられたものたちすべての代弁者となることは出来ないが、そのまなざしを持って表現していきたいと思う。ただ悲劇を嘆くのではなく、アートを通して希望につなげ、命を讃歌したい。「祈りのアート」と言えるかもしれない。

机上のアートではないアートの可能性を、私の命の限り追い求めていく決意である。

鈴木共子展「干の時を紡ぐ」より

追悼展の会場にて……Ⅰ

天空から光りを表す
笙の音が
静かに流れる
その空間

息子の魂が
光りの中で
浮遊して
「安らかだよ」と
わたしに告げる
安堵のため息
ひとつ吐く

追悼展の会場にて……Ⅱ

やさしいまなざしを
わたしに向けて
今にも
語りかけてくれそうな
等身大の息子の写真

「あなたの中に
　俺はいる」

息子の声を
確かに
わたしは聴いた

アートしよう

息子の想い出をアートしよう
息子の夢をアートしよう
息子の命をアートしよう
息子の魂をアートしよう
息子のすべてをアートしよう

息子だけじゃない
理不尽に生命を奪われたものたちの
夢を　生命を　魂を
すべてをアートしよう

つながれ　つながれ　いのち

「生命のメッセージ展」で
蒔いた種は
未来の人が収穫します

私たちは種の番人
実が結ぶ未来を夢見ています

その実が
未来の人々の恵みとなるように

つながれ　つながれ　いのち

「生命の重さ」を伝える
大事な役割を担った犠牲者たちの
新たな生命の証

今　芽生えの時……
つながれ　つながれ　いのち

誕生

息子の理不尽な死を
嘆くばかりでは
わたしが生きる意味を
見出せない
何よりこのまま
息子を彼の地へ
逝かせたくない

そんな母としての
切ない想いが
形となったのが
「生命のメッセージ展」

息子たち犠牲者たちの
等身大の人型の足元に

遺品の靴を置き
胸元には
犠牲者の笑顔の写真と
遺された家族のメッセージ

犠牲者たちの生きた証を
知ってもらいたい
言葉なき無念な想いを聞いてもらいたい
「生命」に代わるものはないと伝えたい

生命……
命が生まれる
生命……
命を生かす
生命……
命を生きる

生命への賛歌

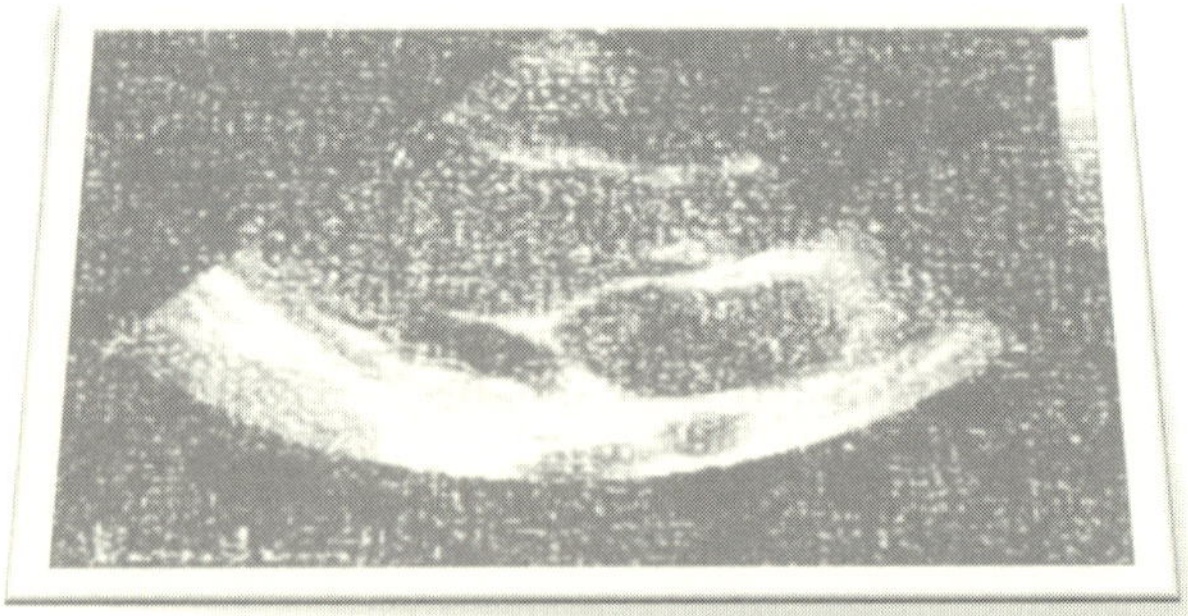

「生命のメッセージ展」

人型パネル

アトリエに
「メッセンジャー」と呼ばれる
人型パネルを作るために
遠方より遺族が訪れた

真っ白なパネルから
亡き愛するものを
切り出して
愛おしそうに磨き上げる
我が子、我が妻、我が夫
我が母、我が父
我が兄弟、我が姉妹
たかが人型パネル
されど人型パネル

哀れさと無念さが
こみあげて
磨く手がしばし
止まってしまうが
遺されたものたちが
渾身の想いをこめて
生命を吹き込んでいる
たかが人型パネル
されど人型パネル

このままあなたたちを
葬り去りはしない
忘れさせはしない
断ち切られた未来を
想像力で取り戻させる

今この時

理不尽にその生命を
奪われた人たちのメッセージ
あなたの
心の耳を澄ませて聴いて
心の目を開けて見て
心の両手を広げて受け止めて

生きたくても
生きられなかった人たちの存在を
あなたの身近に感じてほしい
そうすれば
あなたはきっと
今生きていることに謙虚になれて
生きていることは
生かされていることだと気づくはず

奪っても奪われてもならない生命なのに
理不尽な事件事故は絶えないし
今世界は歪んだ正義で
生命を踏みにじる
今この瞬間も
生命は無慈悲に奪われて
地の底から慟哭が響いてくるようだ

こんな時だからこそ
理不尽にその生命を
奪われた人たちのメッセージを
伝えなければならない
生命をあがなえるものなど
この世に存在しないことを

生命よ　生命よ
いとおしい生命よ

講演

人型パネルとなった息子を連れて講演行脚
今日の聴衆はＰＴＡ
この世の地獄をまだ知らぬ母親たちに
わたしは言葉の刃を突きつけようか
それとも他人の不幸に涙する快感を
与えてあげましょうか
挑戦的なわたしのことを
人型パネルになった息子は
悲しく思うにちがいない
だからわたしは涙をこらえて
今ある当たり前の生活が
当たり前でないことを
自分の反省として伝えているのだ

若者たちへ

つんざくような爆音をたて
バイクを疾走させる若者たち
地べたに座り込んで
所在無く笑う若者たち
タトゥ、ピアスと己の身体を傷つけ
自己表現する若者たち
うざったいとすべてにしらけてみせる
無気力な若者たち

そんな姿に
今時の若者はと
眉をひそめる大人たちは
君たちの心の奥底に眠る
善なるエネルギーの存在を知らないからだ

きっかけさえあれば
善なるエネルギーは
ほとばしり出て
誰かのために
そして自分のために
そのエネルギーを
燃焼させることが出来るということを
わたしは知った

その時君たちの瞳が
生気を取り戻し
全身が喜びのオーラで
満たされるのを
わたしは見た

きっかけのひとつが
「生命のメッセージ展」であることを
もはや君たちは
疑うことはないだろう

今生きていることを輝くために
君たちの隠れたる善なるエネルギーを
引き出して
仲間たちと共に
閉塞的な世界に
爽やかな風を
送り込んでほしい

生命のバトン

親から子へと伝えられる
遺伝子という名の
「生命のバトン」

我が子にしっかりと
渡したはずなのに
桜の季節に
「生命のバトン」の残骸が
砕け散って風に舞う

行き場を失くした
「生命のバトン」
太古からのその旅路の
終わりなのか
母の奥底で静かに眠り

やがて
母の生命の限りとともに
哀れ消えねばならぬ

ならばほんの
一瞬だけだとしても
「生命のバトン」の
最後の時を
我が子に代わって
母が
精いっぱい輝かせて
やろうじゃないか

断ち切られた
我が子の夢を
あふれるばかりの
我が子への愛を
未来につなげるために

贈り物

無限の彼方の地であり
振り向けば　すぐそこでもある
時空を終えた世界で
息子たちは魂となって
穏やかに生きている

地上でのひとつの生命を　終えた今
新たなる使命を果たそうと
たくさんの仲間たちと共に
愛する者たちの傍らに立つ

時に
さわやかな風となって
あなたの頬にそっと触れるだろう
時に夜空の星となり
あなただけに
合図を送り語りかけるだろう
時に
光りとなって
あなたの心に虹をかけ
喪くした夢をよみがえらせるだろう
時に
懐かしい香りとなって
あなたに
過ぎしの日の幸せの余韻は
ずっと残りゆくことを伝えるだろう

涙の涸れることのない中で
亡き人の分まで
精いっぱい生きようとしているあなたに
魂となった息子たちからの贈り物を
あなたは受け取ってほしい

犠牲者たちへ

心なき者たちの
刃によって
生命を奪われた
犠牲者たちよ

必然なんて何もなく
心なき者の行為と
ただの偶然が重なって
あなた方は
犠牲者に選び取られた

我が身に起きた悲劇を嘆く間もなく
彼の地へ旅立たねば
ならなかった者たちよ
さぞや心残りの多いこと

どんな思いで
遺された者たちの慟哭を
聴いたのだろうか
聖者のごとく
私たちの身代わりとなった
犠牲者たちよ
生命をかけて警鐘を鳴らした
犠牲者たちよ

私たちは今
殺された者たちの想いを
受け止めて立ち上がる

精いっぱい生きる者たちに
悲劇が繰り返されないために
尊い生命を守るために

僕らは「生命のメッセージ展」の仲間たち

僕らは命の仲間たち
それぞれ理不尽に僕らは命を失いはしたが
今の僕らの新たな命
差別も区別も何もない
僕らの命がひとつとなって
「いのち輝け」と大合唱
僕らは命の仲間たち
それぞれの愛する家族と
過ごした時の幸せは
今の僕らの宝物
赤いハートで結ばれた
僕らは命の仲間たち
僕らの命がひとつとなって
「ありがとう」と感謝の言葉

歓迎・新しき仲間たち

秋晴れの
爽やかな日に
新しき生命の誕生
人型となった
犠牲者たちに
歓迎メール

千の風になって
自由に
自遊に
自悠に
羽ばたいて

未来を生きてほしい
生かしてあげると

今を生きる君たちへ

今君たちは生きている
君たちの心臓は
ドクンドクンと力強く命を刻む
昨日があって
今日があって
明日があって
うれしかったり
悲しかったり
悔しかったり
生きていればこその日々を重ね
いきていればこその感情に揺れながら

今君たちは生きている
でも僕らは様々な理由で
ある日突然命を断ち切られてしまった

生きたくても生きることが出来なかった
だから
生きているって
当たり前ではないんだよ

君たちは奇跡の命を生きている
いとおしい命を生きている
かけがえのない命を生きている

今君たちは生きている
生きていればこその夢をもって
いきていればこその希望をもって

生きたくても生きることの出来なかった
僕らの分まで精いっぱい生きてほしい

今君たちは生きている
いきていることは素晴らしい

生きたくても生きることの出来なかった
僕らからのメッセージを
受け止めてほしいと僕らは願う

約束

どんな親でも
親というものは
我が子の幸せ願うもの

生まれたばかりの
我が子を抱き
命をかけて
我が子を守ると
誓ったあの日から
我が子は
親の命そのもの

我が子の幸せは
親の幸せ
我が子の不幸は
親の不幸
我が子のすべては
親のすべて

我が子を
幸せにするために
親だったら
どんなことも厭わない

我が子に対する
親の気持ちはそれだけ熱い
だから我が子の不幸は
最大級の不幸

先立たれた親は
生きる意味を見失い
絶望の中を
生きなければならない

それとまた
我が子が犯罪者となって
人の命を奪ってしまったら
親は自責に苦しみ
「犯罪者の親」として
地獄を生きなければならない

あなたの親を
そんな哀れな親に
してはならない

約束して欲しい
どんな理由であっても
親より先に
死んではならない

約束して欲しい

どんな理由であっても
人の命を奪ってはならない

この二つの約束だけは
絶対に守ってほしい

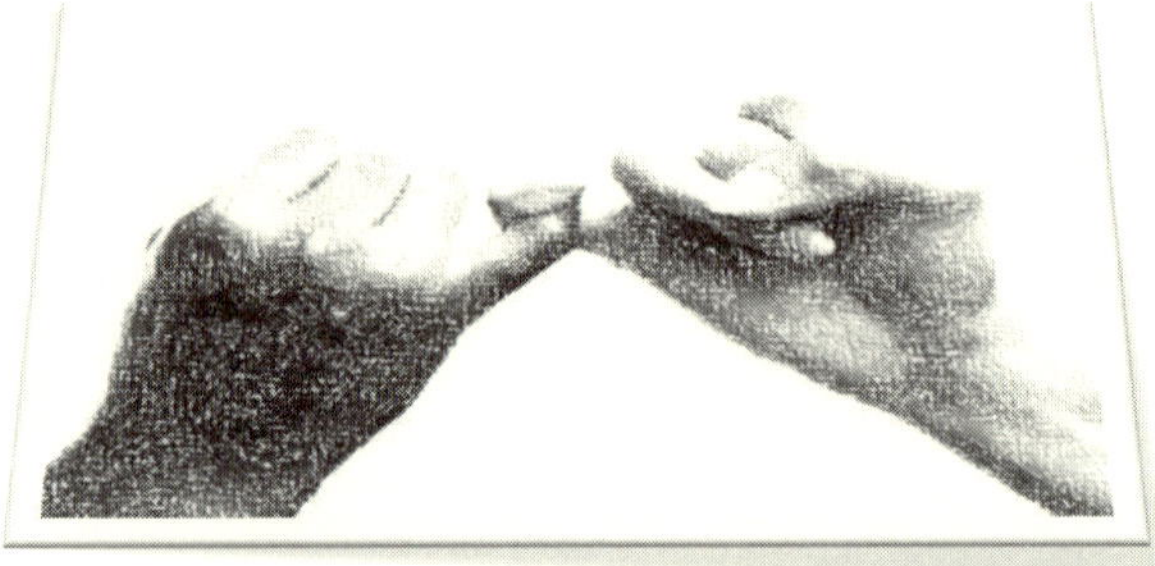

命

太古より受け継がれし
我らが命
ひとつの命の時は
星の瞬き
一瞬の輝きは
生きていることの歓び

「命は奪っても、奪われてもならず」
自明の理であるはずなのに
今、風にのって
命たちの悲鳴が聴こえてくる
足元からも
命たちの呻き声が
響いてくる

母の胸に
抱かれた幼い命
明日へのエネルギーを
放出させていた若い命
頼られる存在として
凛と家族を守った
成熟した命

精いっぱい自らを
輝かせていた命たちを
想像力を欠落させた行為が
容赦なく奪い去る
遺されたものたちの
嘆き悲しみに
思いを馳せられぬのか

戦争？　テロ？
犯罪？　交通事故？

いじめ？
様々な名で
呼ばれようと
無慈悲に
命の輝きは
消されてしまう

見える凶器見えない凶器が
暗躍するこの時代
嘆くばかりでは
命は救えない

命への愛おしい
つながりを
どんなことがあろうとも
断ち切ってはならない

命の源はひとつ

あなたの命は
他者の命であり
海を越えた
彼の地の命と
つながる

まずは
あなたの隣の命と
手を結び
「命を守ろう」と
伝えていこうじゃないか

罪を犯したあなたへ

生きたい、生きたかった
僕らは死にたくなかった
父、母、夫、妻、兄弟姉妹
子ども　友だち
愛する人を遺して
僕らは死にたくなかった

なぜ僕らが
死ななければならなかったのか
命を奪ったあなたがいたからだ
故意かどうかなど問題ではなく
僕らの命を奪ったあなたを憎む
決して許しはしない
僕らがどんな思いで
遺されたものたちの
慟哭を聴いたのか
あなたに想像できるか

僕らは
愛するものたちの嘆き悲しむ姿を
見るのが辛かった
胸が張り裂けそうだった
還りたい
家族のもとに還りたい
命を返してくれ
僕らには夢があったんだ
僕らの夢を返してくれ

僕らは今
あなたの前に立っている
人型のパネルとなって……
あなたは僕らと
向き合うことが出来るか

まともに目を合わすことが出来るか
目を逸らさないでくれ
声を聴いてほしいのだ
見てほしいのだ
否、見なくてはいけない
聴かなくてはいけない

あなたは今生きている
あなたには命がある
僕らの人生を奪ったが
あなたの人生は続いていく
不公平だ　悔しい
本当に悔しい

しかし恨み事はやめよう
今僕らは
「生命のメッセージ展」に
立っているのだ

命を伝えるメッセンジャーは
僕ら自身
それは誰にも代われない使命

あなたに言いたい
罪を犯した事実と
逃げずに向き合った時
涙ほとばしる
償いの気持ちを持った時
あなたの人生の
第一歩が始まる

あなたが忍耐し
精いっぱい生きる時
許すことは出来ないが
あなたを認めることが
出来るかもしれない

罪を犯した少年たちへ

僕らは「生命のメッセージ展」で
メッセンジャーと呼ばれている
かけがえのない命のことを伝える
メッセンジャーなのだ

僕らは心無いものたちによって
無責任な行為と偶然によって
命を奪われた

僕らの仲間のあるものは
君たちのような少年たちの
欲求不満のはけ口とされ殺された
僕らは死にたくなかった
僕らは生きたかった
もっと生きたかった

君たちがどんな過ちを犯したのか
僕らは知らないが
君たちは今生きている

僕らは今
君たちの前に立つ
君たちに対して
悔しさと厳しいまなざしを
向けるかもしれないが
君たちは耐えて欲しい
いや、耐えなくてはならない
僕らは死にたくなかった
僕らは生きたかった
もっと生きたかった

君たちは
被害者とその家族を
そして君たちの家族を
嘆かせ、苦しめたにちがいない
それでも
君たちは生きている

還りたい
家族のもとに還りたい
命を返してくれ

僕らが切望してやまない命のことを
君たちは無造作に思ってはいないか
君たちが投げやりに生きた一日は
僕らが痛切に生きたかった一日なのだ

君たちが犯した過ちから逃げず
誘惑に耐え、心を開いたなら
君たちの支えになってくれる人は
必ずいるだろう

君たちの未来に
僕らの未来をつなげてほしいと
願うことは悔しいが
それでも願わずにいられない

生きたくても生きることの
出来なかった僕らの分まで
精いっぱい生きて

二十歳になることができた君へ

成人、おめでとう！
でもさ、誰もが「成人式」を
迎えることができるわけじゃない
なぜなら
僕らは「二十歳」になれなかった
様々な理由でね

大人になりたかったよ
「成人式」に出たかったよ
友だちと祝いたかったよ

「二十歳」になることができた君は
幸運以外のなにものでもない
うらやましいよ

でもさ
君は知っているだろうか
今、この瞬間だって
「二十歳」になれない子どもが
増え続けているんだよ
日本中、世界中を
見わたしてごらんよ

耳を澄ませば
聞こえてこないかい？
「二十歳」になれなかった
子どもたち嘆きが

もしかしたら
君の知り合いの中にも
「二十歳」になれなかった友が
いるんじゃないかな

「成人式」の今日は
大人へのスタートラインの日だね
一生に一度の特別の日だね

そんな日に
僕らのように「二十歳」に
なれなかった子どもたちのことを
ちょっとだけ思ってほしい
たとえ
同情だったとしても
僕らは耐えよう

それは僕らが奪われてしまった「未来」を
君の「未来」へ
つなげてほしいからだよ

「二十歳」になることができた君に
僕らは託すよ

僕らのように「二十歳」に
なれなかった子どもたちの分まで
精いっぱい　生きてほしい

約束だよ

「二十歳」になれなかった僕らより

二分の一成人式

「二分の一成人式」おめでとう！
十歳の輝きは
子ども時代だけのものだ
だから
精いっぱい輝いてほしい

「生命のメッセージ展」の
人型パネルの子どもたちは
「二分の一成人式」を
迎えられなかった子どもたち
またせっかく迎えても
大人になれなかった子どもたち
そう、生きたくても
生きることが出来なかった
子どもたちだ

大人たちの無謀な運転や
無責任な行為が
彼らの命を
断ち切ったのだ

今、君たちは
生きている
生きていることは
当たり前じゃない
奇跡だということを
ここにいる
生きたくても生きることの
出来なかった子どもたちが
教えてくれるから

心の耳を澄ませて
彼らの声を聴いてほしい

車を運転する人たちへ

わたしたちは
「交通事故」の犠牲者です

信号無視、スピード違反
いねむり運転、わき見運転、
無免許運転、飲酒運転、無謀運転、
エトセトラ、エトセトラ……

何と呼ぼうと
悪質運転であろうが、なかろうが
凶器と化した「車」に
私たちは殺されました

家族の愛情を一身に集め、すくすくと
育っていた子どもたちがいます

未来に向かって、まさにその翼を
広げようとしていた若ものがいます
一家の大黒柱として、家族を支え
守っていた父親がいます
やさしい眼差しと愛情で、家族を
包み込んでいた母親がいます
孫たちに囲まれて、穏やかに
老後を生きていた祖父母がいます

みんな、みんな
精いっぱい生きていたんです

あの日も　わたしたちは
いつものように家を出たんです
「行ってきます」と……
なのに
「ただいま」の言葉が言えずに
無言の帰宅……躯となって

我が身に起きた一瞬のできごとを
受け入れられず
惑うばかりであったわたしたち……

でも
わたしたちの名を呼び
嘆き悲しむ家族の姿に
現実を突き付けられたのです
わたしたちは
死んでしまった、殺されてしまった
という現実を！

明日の予定があったのに
約束があったのに
これからという時だったのに
もっともっと生きるはずだったのに

何ということ！

「命」を返してほしいです
私たちは「すべての車を運転する人」に
言いたいのです

日常生活の中で
また仕事をする上で
「車」ほど便利なものはありません
でも
使い方次第で「凶器」となることを
一時も忘れないでください

わたしたちのような犠牲者を
これ以上出さないでください
あなたが加害者に
ならないことを祈ります

第6章　祈りのかたち・再生へ

「死者は無力ではない」というネイティヴ・アメリカンの言葉を知った時、思わず大きく肯きました。

「生命のメッセージ展」の活動を通して、私は死者の力を感じることが多々ありました。メッセンジャーの存在そのものが、人々を動かす力であることは確かです。

私は特定の宗教は持っていません。「神も仏もあるものか!」と、自分の運命を呪い、否定していた私です。そんな私ですが、この十七年間に、偶然とは言えない出来事、計らいがあることを認めざるを得ませんでした。

私はそんな時、メッセンジャーとなった息子たち死者が、私を、私たちを導いてくれると思ったのです。

「生命のメッセージ展」は、死者が主役であり、遺されたもの、つまり生者との共同作業なのだと、実感しています。

少なくとも私はこの十七年の間、息子のことを思いながら生きてきました。これからもそうでしょう。

私からの息子への呼びかけによって息子も存在し、私を通して息子も生きて、そして一緒に未来を創っていく……。

私が息子が通うはずであった「早稲田大学」に後に入学し学んだということは、息子と共に生きることの証なのです。

私の紡ぐ物語、それは私の祈りであり、祈りのかたちなのだろうと思っています。

虹

息子の部屋の窓から
虹を見た
一晩中降っていた雨が
止んだばかりの灰色の空に
大きく弧を描く虹

朝一番の
光りのプレゼント
両手でしっかり受け止めよう
今日の一日を輝くために

少しずつ

忌まわしい記憶につながる桜の季節
さんざんわたしを苦しめて
花びらの残骸残し
初夏の風に追われ去っていく
満身創痍の哀れなわたし
おずおずと顔を上げれば
青空に葉桜の緑が広がって
ぱくりとあいた傷口に
五月の光りが注ぎ込む
わたしの中で
少しずつ　少しずつ
生きる力が蘇る

ひまわり

道端に咲くひまわりがうなだれて
所在無げに立っている

容赦のない夏の陽射しに負けたのか
それとも盛りの時を終えたのか
足元を見つめるひまわりは
すねた子どものようだ

けれど一日の終わり
黄昏の慈愛の光りに包まれて
ひまわりは少し
安堵の色を見せている

明日は凜と
太陽と対峙して咲いてほしい

わたしも涙をふいて
大地に立つから

居場所

チルチルとミチルが
「青い鳥」を
捜し求めるように
わたしは
自分の「居場所」を
捜していた

あそこでも
ここでもないと
やっとたどり着いたある場所は
同じ体験同じ思いをしているものが
集う場所

こんどこそ
自分の「居場所」と

期待をしたが
つまらぬ事で
疎外感に打ちのめされる

ただ傷つくことの愚かさに
ほとほと疲れて
解ったことは
自分の「居場所」というのは
捜し求めるものでなく
わたしの中にあることだ
ということ

だから
どこにおいても
わたしの「居場所」は
今ここにある

挑戦

学ぶことに魅入られて
知識欲に充たされていた息子よ

母はそのまま
君の学ぶエネルギーを引き継ごう
何か目的があって学ぶのではない
学ぶために学ぶのだ
学ぶことを歓びとしよう

錆びついた母の脳みそよ
覚醒せよ

知識は
母を叡智の世界に
導いてくれるはず

今わたしの中で

今わたしの中で
零君、君の笑顔がはじけている

「やるじゃない　お母さん」
「見直した？　お母さんのこと」

わたしの中で
零君、君のこと
大きく成長させる
未来へ羽ばたかせてあげる

未来へ　未来へ
零君とわたしの未来
輝け

愚かな試み

書き込まれた文字
赤いアンダーライン
受験勉強一色の日々

抱きたる夢を
我がものとするために
まだ明けやらぬうちに起きて
机に向かう息子の姿を
案じながらも
どんなにか誇らしく思っていたか

息子のために
いそいそとコーヒーを淹れている時の
満ち足りた想い
世間では思春期の暴走が問いただされ
親たちの心痛が伝えられていたが
わたしは他人事として受け止めていた
愚かなこと……

ささやかな幸せは一瞬に消され
使いこなされた辞書が
息子の虚しい頑張りを伝えるばかり

志し半ばで逝かなければならなかった
息子の夢の痕跡を
母はルーペ片手に探し求めて
息子に代わって夢を見ようと
愚かな試みに身を焦がす

帰り道

夜道を独りで帰る
皓々と輝く月明かりが
行く手を照らしてくれる
息子の好きだった歌を
口ずさみながら
背筋を伸ばして
堂々と歩く
過酷な運命を呪って
うつむいてばかりいたわたし
今夜は
月のスポットライトを受けて
わたしはわたしの物語の
力強き主人公
負けるな共子！と
自分にエールを送る

ホロコースト

ホロコースト
残虐な歴史を調べながら
わたしは言葉を失った

ふつうの人々が加担した
おぞましい犯罪を
わたしに
責める資格があるのだろうか

わたしだって
自分の立場を守るために
日常の営みの中で
直接生命を奪わずとも
誰かの人格を傷つけ
貶める行為を

していかもしれないから

エゴが蔓延しているこの時代
ホロコーストは
過去の歴史ではなく
ひとりひとりの心の闇で
爪をといで
出番を待っているかもしれない

ひとりじゃない

独りだけど　独りじゃない

独りで酒飲み
独りでまどろんで
足元の大地が揺れても
独りで感じて
独りで慄く
一番鳥の鳴き声を
独りで聞いて
独りで目覚める
独りの時の過ごし方が
上手になったと　独りでつぶやく
独りだけど　独りじゃない

見えない息子が
傍らで笑っていると
見えないけれど　見えている
独りだけど　独りじゃない

想像力

この一年わたしの涙を
受け止めてくれたのは見えない息子

何かあるたびに
泣きながら怒りながら
時に笑いながら
見えない息子に語りかけてきた
想像力を駆使して
息子のメッセージを息子の語り口で
わたしはわたしに話しかけてきた

そんな独り芝居は
終わりのないロングラン
わたしの癒しの舞台
いつしかわたしの想像力は

磨きがかかり
空想と現実が曖昧になっている
芝居が芝居でなくなる
そんな日のことを
二〇〇五年の夢にしようかと
見えない息子に語りかけたら
彼は何と答えるだろう

この一年想像力を
わたしの生きる支えにすることで
乗り越えることができたから
想像力に感謝しよう

この二〇〇五年もまた
想像力が
わたしの助けになると信じて
二〇〇四年最後の日の風に
吹かれてみようか

戦士の休息

わたしは戦士である
人生という戦場で
残酷な試練に
挑戦する戦士である

終わりなき戦いの
火蓋は切られ
見えない敵の攻撃に
満身創痍となって
迎え撃つ
わたしの武器はただひとつ
我が子を想う母心
怯んではならぬ
避けてはならぬ
逃げてはならぬ

我が子を守り通すのだ
決意ばかりが先走り
息も絶え絶え
哀れな戦士
何度も何度も
絶望のるつぼに
はまり込む

沈む陽が
今日の戦いの
終わりを告げる頃
しばしの静寂が訪れる
心と身体を解放させて
つかのまの安らぎは
戦士の休息と呼べる時

川の流れのように

川の流れが
人生だとすれば
わたしの人生の川は
かなり激流と言えまいか

渦巻く波間を
わたしを乗せた小船は
頼りげなく
浮き沈みを繰り返しながら
流されていく

わたしは必死に舳先にしがみつき
なす術もなく
ただ耐えるだけだ
打ちつける水しぶきで

呼吸もままならず
目の前に迫りくる障害壁に
もはやこれまでと
何度も目を閉じたことか

けれど川の流れが
やがて母なる海へ流れ込み
その懐に抱かれるように
わたしの人生も
またその先に穏やかな時が
待っていると信じたい

見えない命綱を
夫と息子がしっかりと
握ってくれるから
何も恐れることはないのだと
自分に言い聞かせ
今日も人生の川を
独り下っていくのだ

わたしの仕事

わたしの仕事は
子どもらに絵や工作を教えること
小さなアトリエは
子どもらの熱気があふれている
子どもらの感性に刺激を受け
子どもらの笑顔に和まされてきた
そして何より大事な生活する手段だ

息子を亡くしてから
仕事への情熱を失って
投げやりになっていたわたしは
幼い頃の息子を思い出させる
子どもらの眼差しが居たたまれなくて
何度も仕事を辞めようとしたが
気がつけば
その眼差しに慰められていたのだ

三十数年間続けてきたこの仕事
今改めてひとつの使命として取り組みたい
描くこと作ることを通して
想像力と創造力を育てるのだ

想像力と創造力さえあれば
人は他者にやさしくなれて
生きる力となることを
わたしの小さなフィールドで
伝えていけたら
息子はきっとエールを
送ってくれるだろう

わたしの仕事はわたしの誇り
わたしは仕事に生かされている

元旦

カーテンの隙間から
初日の出を見る
元旦が
特別な日でなくなって
新年の決意をしなくなってから
何度目のお正月だろう

いつもと変わらぬ涙で
目覚めた今朝は
心なしか
涙の量が増えている

涙を流すことが
習慣となって
独りでいる時の
わたしの涙腺は
ゆるみっぱなし

さんざん泣いた後で
鏡の中の
腫れ上がったわたしの顔は
お笑いタレントのようで
思わず泣きながら
笑ってしまう

「泣いたって始まらないぜ、共子さん」
見えない息子の言葉に促され
意を決して
ベランダに出て深呼吸

新しき年も
何とか生きていこう!

ファンタジー

教え子に
薦められて読んだ
ファンタジーの物語
たかが子ども向けと
馬鹿にしなさんな

ひさしぶりに
血肉が騒ぎ
心地よい興奮で
一気に読み終えた

善と悪の
単純な世界は
わたしを悩ますことなく
望みさえすれば
叶わぬことは
何もないと
夢ばかり見ていた
少女の頃が甦る

一筋縄ではいかぬ人生に
少しばかり
疲れたわたしには
一服の清涼剤だ

ページをめくるごとに
展開される
冒険の数々と
決してくじけない
主人公に
わたしの中の子どもが
喜んで喝采している

森の道

木洩れ陽が
やさしく包み込む
森の道

不条理に
翻弄される人々が
安らぎ求めて
訪れるサンクチュアリ

生きる意味を
見出せなくて
もつれた家族の絆が
息苦しい
絶望という影を従えて
孤独な部屋から訪れる

森は
傷つき疲れた魂を
その懐に抱き
生命の息吹を
静かに
吹きかけるのだろう

木々のざわめき
小鳥のさえずり
自然が歌う
祈りの言葉に導かれ
おずおずと
再生への第一歩を
踏みしめる
森の道

わたしの人生

生きるということは
一日一日を埋めることだと
かのサルトル氏は言った

わたしは「わたしの一日」に色をつけて
「わたしの人生」と名付けたガラス瓶に
投げ込んでもうすぐ六十八年
「わたしの人生」の日々は
色とりどりなので
ジェリービーンの入ったガラス瓶みたい

昨日の「わたしの一日」は
訳もなく泣けて泣けて
涙色だったけれど
今日の「わたしの一日」は
ちょっと心ときめくことがあったから
淡いピンク色

ガラス瓶の中で
「わたしの人生」の一日たちが
それぞれの輝きを放って
「ライフ　イズ　ビューティフル！」と
歌っているみたい

「わたしの一日」を舐めてみる
口の中いっぱいに広がるこの味は
人生の味ということか

捨てたものじゃないかも
「わたしの人生」

独り暮らし　十七年

孤立でもなく
孤独でもなく
孤高に生きると気張っているが
本当のところ　わたしは
さびしがり屋の甘ったれ

おまけに感情の起伏が激しくて
泣いたり、笑ったり、怒ったり
独りぽっちは　さびしくて
独りぽっちは　悲しくて
独りぽっちは　耐えられないと
弱音を吐いて　途方に暮れる

そんな時
「大丈夫、大丈夫、大丈夫」と
おまじないの言葉を繰り返し
わたしがわたしに言い聞かせると
ほんの少し気持ちが楽になる

今夜はこのまま寝てしまおう
「明けない夜はない」と
言うではないか

桜よ、桜

参ったな〜　満開の桜よ
今年もまた
あの日と同じ風景を突き付ける
参ったな〜　満開の桜よ
チェンソーでぶった切ってやりたいと
満開の桜に八つ当たりして
声を殺して泣いた日々
あれから十七年
辛いとか　悲しいとか　苦しいとか
そんな感情は薄らいだ
ただただ
参ったな〜　満開の桜よ
ため息ばかりのこの季節

あたし

家族の居ないあたしは
自分と向き合う圧倒的な時間がある
あたしがあたしに問いかけて
あたしがあたしに応えて
自問自答を繰り返す

飢えや貧困やテロや内紛の
犠牲者たちの映像を
横目で見ながら
朝・昼・晩
あたしはあたしのことばかり
思い巡らせ
あたしはあたしを持て余す

そんなあたしに自己嫌悪

独りの時間

幸か不幸か
家族を失くしたわたしには
独りの時間がたっぷりある

誰にも邪魔されず
好きなことに没頭できるし
怠けていても
誰にも文句を言われない
時間を支配できる快感は
わたしを勝者の気分にさせるのだ

ただし
心のバランスを欠いている時は
独りの時間が責苦となって
澱んだ時間の中で
人恋しさに身もだえし
敗北感に打ちのめされる

それでもわたしは
独りの時間を手放さない
わたしがわたしらしくいるために
大事な時間だから

諦めの美学

美学はいろいろあるが
わたしを支えているのは
「諦めの美学」

信じていた人との
決別がきっかけで
行く先の不安が
暗雲となって
わたしの心を覆い隠す
思考を堂々巡りさせるだけで
解決策なんてありはしない

仕方ないさ
その時はその時と
諦めるだけが救いかも

人生なんてそんなもの

けれど美学は美学
わたしの中で
高尚な「諦めの美学」を
打ち立ててやろうじゃないか

変身

少しばかり熱っぽい身体を持て余し
ソファーの上でダンゴ虫となる

今日やるべきことがあるだろう！と
真面目なわたしが叱咤するが
ダンゴ虫となったあたしは聴く耳持たぬ

何もかもがどうでもよくて
生きる意味なんて
あるようなないようなそんなもの

このままごろごろ転がって
風の向くまま気の向くまま
誰も知らないところへ行ってしまいたい
転がって転がって

ダンゴ虫となった
あたしが行きつくところ

世界の果てからの波が
打ち寄せる浜辺であったなら
潮の香りを胸いっぱいに吸い込んで
思いきり両手を広げて
春の陽ざしを受け止めたい
そうしたら萎えた気持ちが
しゃんとするに違いない
そしてあたしは
ダンゴ虫から
二足歩行の人となり
生きるために家に帰るのだ

そんな怠惰なあたしの繰り言を
真面目なわたしは
聴く耳を持ってくれるだろうか

シモーヌ・ド・ボーボウァール

シモーヌ、あなたはあたしの憧れの哲学者
「女は女として創られる」
目からうろことそんな言葉に導かれ
青春時代を駆け抜けたもの

シモーヌ、あなたを気取って
知性ある女であるように振舞ったつもりだが
そんなメッキはすぐ剥げちゃった

挙句の果てにマッシュルームカットの
男の子たちに夢中になって
ミニ・スカートで街を闊歩したっけ

そんなあたしも人並みに恋をして
ずっと一緒にいたいと結婚を
息子ひとり授かって
良き妻、良き母になったつもりだったけど

シモーヌ、あなたが否定した
女の人生歩んだあたし
それなりに幸せだったけど
どこかで自由に憧れるあたしのことを
目ざとい神様は見過ごさなかったのかしら

気がつけば、夫が逝って、息子まで……
あたしひとり残されちゃった

今やあたしは
妻でもないし母でもない
役割のないただの女なの

だからシモーヌ、見ていてよ
「あたしはあたしとしてあたしが創る」から

あれから

あれから〇〇年と
わたしの身に起きた大小様々の
たくさんのあれからあれから

あれから十七年
あれから二十二年
このふたつのあれからが
わたしの全てなのか
息子を喪ってから十七年と
夫を喪ってから二十二年と

あれから以前と
あれから以後で
何よりの違いは
わたしは独りになってしまったこと

以前のわたしは
妻であり、母であった
以後のわたしは
妻でなくなり、母でなくなった
それぞれのあの日から
わたしは役割を失った

だからと言って
わたしがわたしで
なくなった訳じゃない

あれから以後
わたしはわたしという
役割を背負って生きてる
たよりない存在だけど
わたしはわたし
がんばろうよ！

眠れぬ女たちに

金持ち女の宝石箱を
ひっくり返したような
夜の街の明かりを
高層ホテルの部屋から
熱いコーヒーをすすりながら
見下ろしているわたしのことを
誰か見ているかしら

この高さでは
見えていても見えないし
何より誰も見ようとしないだろう
けれど
わたしからは見えている
キラキラした明かりの陰で
固く目を閉じながら
不眠症の女が
忌まわしい記憶を振り払おうと
闇に潜んでいる姿が
わたしには見えるのだ

女に降りかかる
不運のひとつひとつが
夜な夜な目を覚まし
女の眠りを妨げているに違いない

ほうら、目を凝らせば
そんな女がひとり、ふたり、さんにんと
旅から帰れば、わたしもまた
眠れぬ女のひとりなのだ
だから、ひとりじゃないということ

わたしのように

わたしのように
夫と息子の命を奪われて
ひとりぼっちの女は
この世にたくさんいるだろう

そんな女のひとりは
砂漠の国の瓦礫の街の片隅で
炸裂音に耳塞ぎ
震えているかもしれない

彼女の夫と息子の命を奪った爆撃弾
「わたしの命をも奪うがいい!」と
叫びながらも逃げまどう女を
満天の星は
平和の頃と同じ
穏やかな光りを輝き放ち
ただ見ているだけか

夜が明けて
生き残った安堵と虚しさで吐く、
女のため息を
星は聞くのだろうか

女の名前は知らないけれど
同じ思いで生きるわたし
朝が来るたびに
砂漠の国の彼女のため息と
比べられないが
「今日も生きるのか」と
ため息ばかりついている

空想とは？

「空想」とは
果てしなく広がる青空を
キャンバスにして
見えない絵具と
見えない筆で
絵を描くこと

わたしの思いが
かたちになり
色がついて
物語が生まれるのだ

そんな訳で
出来るならわたしは
日長空を仰いで

「空想」の世界に浸っていたい

「空想」は「空疎」なものか
それとも
ブッダが言うところの「空相」か
いじわるな人は
わたしに問うけれど
そんなことはどうでもいい

少なくとも
「空想」する想像力が
わたしにはあると
言ってやりたい

怪獣たちのいるところ

怪獣たちのいるところ
どこかの果てでない島でなく
わたしの心の中にいて
鼾をかいて眠っている
時々目覚めて
わたしを脅すけれど
わたしは負けてはいない
怪物たちの前に
立ちはだかって睨んでやれば
彼らはすごすごと
寝床へ帰って行ったもの
今までは……
このところ情勢が逆転か
老いてきたわたしを見くびるように
怪物たちは大暴れ

モソモソ　ドッスン
ゴソゴソ　ドッスン
あたりかまわず吠え続け
わたしを怯えさせる
今のわたしにはかつてのような
怪獣たちと闘う力はない
気力も体力も
老いと共に消え失せたから
だから
闘い方を変えねばならぬ
いいや違う
闘うのではなく向き合うのだ
怪獣たちよ
共に生きて行こうじゃないか
この命が尽きるその日まで
これ以上わたしを苦しめるなかれ
「不安」という名の怪獣たちよ

カワセミを見た

「あっ！」と息を飲み
立ち止まったわたしをからかうように
二～三度尾羽を振るわすと
瑠璃色の背を見せて
飛び去ったカワセミ

いつの頃からか
カワセミはわたしにとって
幸運の印となっている

「カワセミ見た」というだけで
わたしの中で
歓喜の歌声が響き渡るのだ

けれど不思議なことに
わたしの気持ちが
穏やかな時だけしか
カワセミは姿を見せない

このところわたし
答えのない問答を繰り返し
繰り言ばかりだったから
久しぶりの遭遇だ

「カワセミを見た」ということは
苦渋の泥沼から
抜け出すことが出来たのかしら

カワセミは
生まれ変わった息子かもしれない
「もう大丈夫だよ、共子さん」と
言っているような……

わたしはここにいる

丘の上に
隆々とした筋骨さながらの
幹を誇る樫の老木が
凛と立っている

絶望の中をのた打ち回り
満身創痍になりながら
わたしがさ迷い歩いて
たどり着いたところ

そこでわたしは
あなたに出会った

あなたは静かに佇んで
声を殺して泣くわたしのことを

黙って抱いてくれた

ごつごつした
あなたの胸板の感触を
頬で感じながら
わたしは泣いて、泣いて、泣いて……
あなたの足元に
涙の水たまりが出来るくらい

「わたしはここにいる」

あなたの声を
わたしは確かに聴いた

せっかく生きているんだもの

せっかく生きているんだもの
生きている今日を
精いっぱい輝かせなくては

今日という日は
生きたくても生きることの
出来なかった人たちが
痛切に生きたかったに
違いない今日だから
ゆめゆめおろそかに
出来るわけがない

そんな今日を
積み重ねて
人生をまっとう出来たら

生きていたくても生きることが
出来なかった人たちが
歓んでくれるに違いない

今日も精いっぱい

わたしを見つめる
息子の遺影
カーテン越しに
朝陽を受けて
微笑を浮かべて
わたしに話しかけてくる

今日も生きて
精いっぱい
あなたのそばに
いつも俺はいるから……

ありがとう零君
おかあさん、がんばるよ

生きていくわたし

朝起きて
ノートに綴る言葉は
「生きていくわたし」という物語の
今日のシナリオだ

昨日の続きの今日だけど
今日は今日の
わたしが主人公
相手役は
姿なき息子

一緒に
泣いたり
笑ったり
怒ったり

わたしの舞台を盛り上げる

今日の一日を
精いっぱい生きて
重ねたら
いつかくるフィナーレを
笑顔で迎えることが
出来るはず

「生きていくわたし」に
乾杯！

あとがき

この詩集に収めた数々の詩は、ある日突然、飲酒運転の暴走車に息子の生命を奪われ、羅針盤も持たずに荒海に投げ出された、私の生きてきた心模様を綴ったものです。これら言葉のそれぞれは「第3章　彷徨いながら」にも書きましたが、私を黙って受け入れてくれました。

私は特別非営利活動法人「いのちのミュージアム」の代表理事、さらに「生命のメッセージ展」の代表という立場にあります。それゆえ、本書には啓発的な詩を多く書きましたが、正直なところ私は子を亡くした母として、またひとり生きる女として、現実を受け入れ、また否定するというアンビヴァレンスな感情に翻弄されながら生きてきました。この生きる様を綴った詩が「わたしの詩」なのです。

詩を書き始めたのは、悪質ドライバーへの量刑見直し、つまり厳罰化を訴えて署名活動を進めていく中で、その趣旨をシンプルに伝えるために書いたのがきっかけでした。こうして詩を書きつづけていると、書くことが自らの癒しの作業になることに気づかされました。

私は署名活動と並行させて、理不尽に命を奪われた犠牲者とその遺族の人権を訴え、命の尊厳を掲げて「生命のメッセージ展」の全国巡回展を進める等、社会活動に身を投じたと言っても過言ではありません。その結果、私はたくさんの人たちと出会い、仲間を得ました。人とのつながりがあればこそ、事を成し遂げられる、と固く信じるようになりました。

とはいえ、代表という立場にあることで、必要以上の責任感とプレッシャーを感じ、自分を見失いそうになることもありました。それでも、詩を書くことで辛うじて揺れうごく自分を保っていたのかもしれません。

その後、「いのちのミュージアム」を東京都日野市の廃校となった小学校に立ち上げ、ここを活動の根拠地といたしました。教室を展示室、アトリエ、多目的スペースとしました。ここでは、「生命のメッセージ展」の常設展示室を設け、アトリエでは「メッセンジャー」と呼ぶ犠牲者の人型パネルを遺族の手で誕生させ、多目的スペースでは人権教育、命の教育、交通安全教育、矯正更生教育の研修の場として活かされています。そして、何よりも喪失体験のあるものたちが、互いに「ひとりではない」という思いを共有できるグリーフケアの場ともなっているのです。

そんな私の一連の活動が『0からの風』という映画になりました。飲酒運転根絶のための啓発映画です。映画化の話を聞いた時は、映画の中で息子が蘇ると興奮したものです。監督は故・塩屋俊氏、プロデューサーは故・土屋哲男さんです。私役を故・田中好子さんが見事に演じてくれましたが、彼女の最後の主演作品になってしまったということです。また息子の零役を杉浦太陽さんが演じてくださり、その後の彼の活躍に息子を重ね慰められています。

被害者遺族のすべての代弁者になることは

出来ませんが、被害者遺族の置かれている状況、心情を少しでも理解していただき、また不幸にして被害者遺族になってしまった方には、亡き人の分まで精いっぱい生きようと、この映画を通して伝えたいと思っています。

書きなぐった詩を出版に向けてまとめながら、十七年を振り返ってみると、今日までよく生きて来られたと改めて思いました。

私はなぜ生きて来られたのか？　人に恵まれ、たくさんの人たちに支えられたからであることは間違いありませんが、一番のモチベーションは、私が母親だったからです。母の息子への思い、愛と言ってもいいでしょう。その愛が私を生かしたのだと思っています。その母の思いがあれば、これからだって生きていけます。私は今、亡き息子と未来に向かって共に生きている！　鈴木零の母であることが私の誇りなのです。

そんな想いに気づかせてくださった青娥書房の関根文範さんに、また、私と関根さんをつなげてくださったアートの恩師・中島けいきょう氏と五島三子男さんには、心から感謝を申しあげます。

そして、改めて今日まで共に活動を続けてきた「生命のメッセージ展」の仲間たちに、心から感謝とエールを贈らせていただきます。

２０１７年夏　**鈴木共子**

生命《いのち》のメッセージ展とは

犯罪・事故・いじめ・医療過誤・一気飲ませなどによって、理不尽に生命を奪われた犠牲者が主役のアート展です。

犠牲者ひとりひとりの等身大の人型パネルはメッセンジャーと呼ばれ、その胸元には本人の写真や家族の言葉を貼り、足元には「生きた証」である靴を置いて、命の大切さを訴えています。

無念にも亡くなり、生きたくても生きられなかったメッセンジャーたちの、「未来につながる命」が守られることへの願いを感じてください。

（「生命のメッセージ展」パンフレットより）

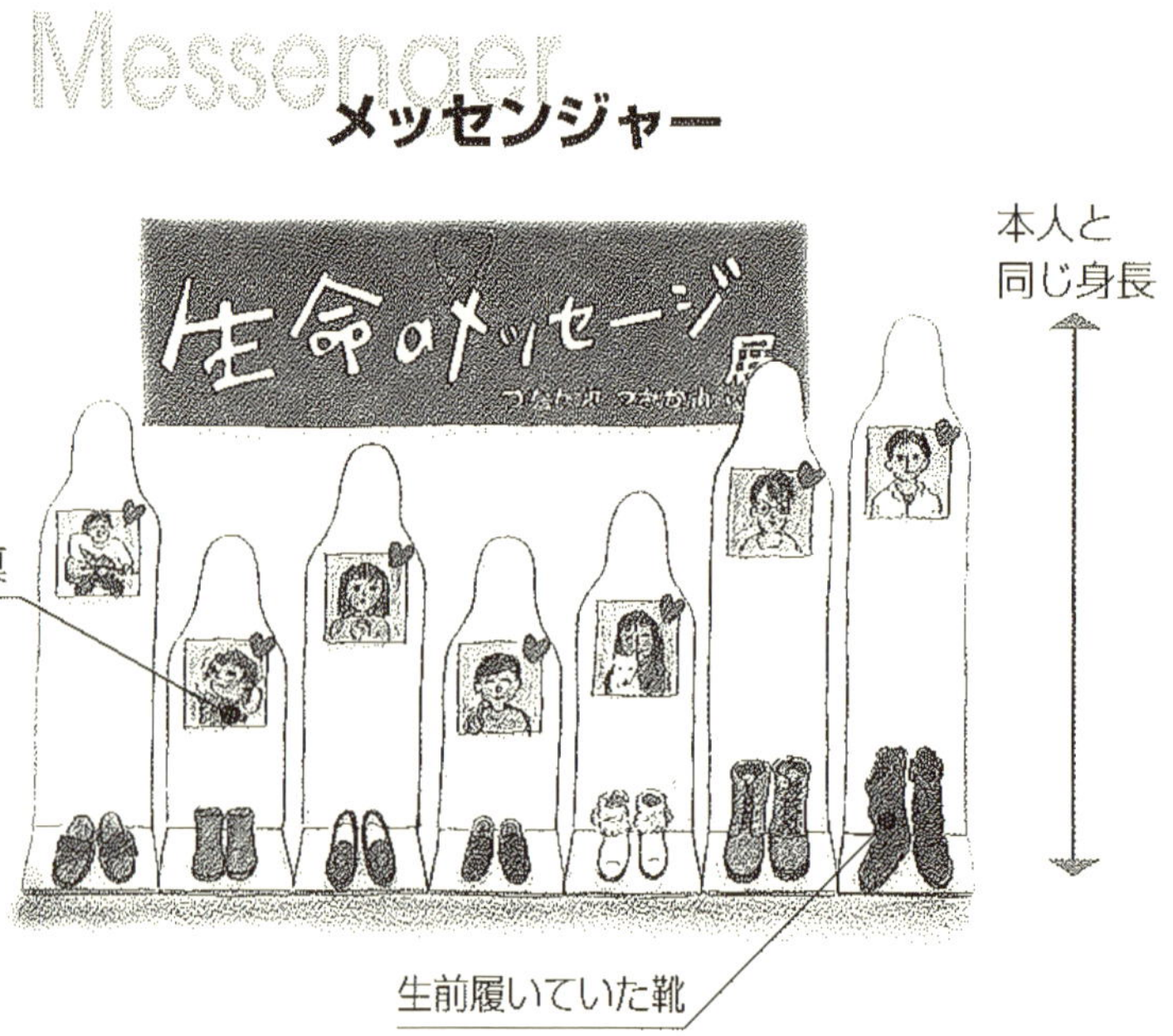

『いのちの授業のすすめ』

「特定非営利活動法人いのちのミュージアム」は、生命の大切さを伝える活動を全国で展開しています。その活動の中心にあるのが「生命のメッセージ展」です。

＊

この「生命のメッセージ展」には、メッセンジャー全員（１６０命）を展示する本開催と、少人数（５〜３０命程度）を展示するミニ開催があります。これまでに２６０回を超える本開催と７００回を超えるミニ開催を実施し、５０万人近くの全国の人たちと出会い、命の大切さを伝えてきました。

特に小・中・高等学校などの教育現場に出張して行なうミニ・生命のメッセージ展では、犯罪被害者遺族の講演を組み合わせて『いのちの授業』と呼んでいます。児童・生徒たちがこの体験から得た感想を栞に書き綴る「誓いのことば」を集計、分析する成果物は、道徳・人権教育における　つの指標として活用いただけるものと自負しています。

＊

私たちが目指すところは、日本中の子どもたちが大人になるまでの間のどこかで一度は、『いのちの授業』を通してメッセンジャーと出会い、命の大切さを感じ、考える時間をもってもらうことです。

そうすることで、「自分は加害者にならない」という意識づけと道徳心の醸成につながり、世の中から、いじめ・自殺・飲酒運転・暴力行為など人の命を危険にさらす行為がなくなり、いのちが守られると考えているからです。

（「生命のメッセージ展」パンフレットより）

鈴木共子（すずき　きょうこ）
1949年横浜生まれ。造形作家、環境破壊、ジェンダー等社会問題をテーマに立体作品を制作発表。特別非営利活動法人「いのちのミュージアム」代表理事。2000年4月、早稲田大学入学直後の一人息子を飲酒、無免許、無検車、無保険の暴走車の犠牲となり失う。加害者の裁かれる刑のあまりの軽さに対して、「悪質ドライバーへの量刑の見直し」を求めて、他の遺族たちと署名活動を展開。その結果、2001年12月「危険運転致死傷罪」が成立した。
並行して、アートという手段を通して、理不尽に奪われた命の重み、大切さを伝えようと、交通事故、犯罪、いじめによる自殺等の犠牲者の等身大の人型パネルと遺品の靴を展示する「生命（いのち）のメッセージ展」を2001年に企画、代表を務める。「生命のメッセージ展」は現在、人権、交通安全、命の教育、矯正教育等々多方面に活かされ全国を巡回開催中。命の尊さ、家族の絆の大切さ、交通事故の根絶を問いかける故・田中好子主演映画「0（ゼロ）からの風」のモデルとなっている。

特別非営利活動法人「いのちのミュージアム」
〒191-0033 東京都日野市百草999
日野市立百草台コミュニティーセンター3F
電話 042-594-9810　ファックス 042-506-9816
E-mail　office@inochi-museum.or.jp
URL　http://www.inochi-museum.or.jp
開館日／金・土・日曜日

つながれ　つながれ　いのち

2017年11月1日　第1刷

著　　者　鈴木共子
発 行 者　関根文範
発 行 所　青娥書房
東京都千代田区神田神保町 2-10-27　〒101-0051
電　話 03(3264)2023
ＦＡＸ 03(3264)2024
印刷製本　モリモト印刷

ISBN978-4-7906-0351-1　C0092
＊定価はカバーに表示してあります